集英社オレンジ文庫

小説

不能犯　女子高生と電話ボックスの殺し屋

ひずき優

原作／宮月　新・神崎裕也

本書は書き下ろしです。

◆目次

不能犯
Impossibility defense
女子高生と
電話ボックスの殺し屋

「ねぇ知ってる？　この町のどこかにある電話ボックスに待ち合わせ場所を貼っておくと、ボサボサの髪に黒いスーツを着た赤い目の男が現れて、人を殺してくれるんだって。それも一切証拠を残さずに……。その男のことを、皆こう呼ぶの。『電話ボックスの殺し屋』……」

序章

その遺体が発見されたのは、寒い冬の日のことだった。

場所は杉並北《すぎなみきた》署管轄《かんかつ》内の、とある橋の下。早朝のジョギングをしていた市民からの通報に駆けつけた警官が目にしたのは、ホームレスの無残な変死体である。

現場にはすぐさま規制線が張られ、何台もの警察車輛《しゃりょう》が集まって騒然とした雰囲気《ふんいき》になった。

地域課の多田友樹《ただともき》巡査も、応援に駆り出されたうちのひとり。

先輩の坂口《さかぐち》巡査とともに野次馬《やじうま》の整理をしつつ、彼はちらりと現場に目をやった。

「一体、ホームレスに何があったんすかね？」

人目を阻《はば》むべくブルーシートで覆《おお》われた事件現場は、ぴりぴりとした緊張に張り詰め、難しい顔の刑事や鑑識官らがひっきりなしに出入りしている。

ひとかけらの興味をのぞかせる後輩に、坂口はそっけなく応じた。

「さぁな。『おまわりさん』の俺たちには、事件の詳細なんて関係ないさ」

「まぁそうですけど……」

身も蓋《ふた》もない返答に、つまらない思いでうなずいた——そのとき。

多田はふと視線を感じてふり向いた。

スマホのカメラを構える野次馬たちとはちがう、食い入るような目線。

（なんだ…………？）

相手を探して周囲を見まわしてみるが、それらしき姿はない。

気のせいかと考えた、その視線の先で。

制服姿の影がひとつ、きびすを返して立ち去った。

第一章　早苗

二年後――

ヴ……。

スマホの振動音に、瑞原早苗《みずはらさなえ》は重い気分になった。

午後六時。放課後のこの時間に、メッセージを送ってくるのは誰だろう？

友だちならいい。けれど、もしそうでなかったら……？

スクールバッグからスマホを取り出し、おそるおそる内容を確認する。

「――はぁ……」

いやな予感は的中した。

液晶に表示された相手のアイコンに、深く苦いため息をつく。

十七歳。高校二年生。本来であれば、まずまずの自由を謳歌《おうか》していていい歳《とし》だ。

しかし早苗はそうはいかない。

ひとつは、都内でも有数の進学校に通っているため。

受験熱の高いその高校では、ほとんどの生徒が一年生の頃から勉強漬けの毎日を送る。

もちろん早苗もご多分にもれず、毎日判で押したような灰色の生活が続いていた。

そしてもうひとつは――

考えて、胃がきゅっとしぼられるような心地になった、そのとき。

「あれ？　もしかして、早苗？」

傍《かたわ》らで、やわらかい声が響いた。

聞き覚えのある声だ。

あわててふり返った早苗は、そこに中学時代の友だちを見かけ、目を瞠《みは》る。

「彩香《あやか》？」

「わー、ぐうぜーん。同窓会のとき以来だね!!」

はしゃいで手を振ってきたのは、前田《まえだ》彩香。

ぱっちりとした大きな瞳と、鼻筋の通った小作りの顔が特徴の、美人と言っていい顔立ちである。

当然男子生徒からは絶大な人気だったが、性格はいたっておとなしく、どこにいても話の聞き役になるばかり。

頭がいいわけでもなく、どんくさいところがあり、高校は制服のデザインで選んだという三流校。言ってしまえば取り柄は顔だけだ。

それでも高校生となった今、彼女の美しさには磨《みが》きがかかっていた。

軽く染めた髪の毛はツヤツヤで、毛先は、中学のときにはなかったウェーブを描いている。

制服姿はもちろん目立ってかわいらしく、今こうして向かい合っていても、時おり通りすがりの男が彩香を見てふり向く。

早苗は急に、適当にのばしっぱなしの自分の髪と、実用性一辺倒《いっぺんとう》の野暮《やぼ》ったい制服が恥ずかしくなってきた。

「ゆっくり話したいけど……ごめん。これから予備校があるの」

わざとらしくスマホの時計を見て言うと、彩香はうっすらとメイクを施《ほどこ》した顔を、残念そうにくもらせる。

「そっか。じゃあ……、ちょっとだけいっしょに歩いていい？」

「いいけど……」

空気を読むタイプの彩香にしては、めずらしく食い下がってくる。

いぶかしく思いつつも並んで歩き始め、しばらくたった頃──彩香は小さな声で切り出してきた。

「この前ね、楓《かえで》の姿を見たの……」

「──……」

楓。――真野《まの》楓。

中学の時に仲の良かった四人組のひとり。

自分と、彩香と、藍子《あいこ》と、……そして楓。

二年ぶりに耳にしたその名前に、早苗はただでさえ重苦しかった胃のあたりに、さらに負荷がかかるのを感じた。

締めつけられるような不快感に顔がゆがむ。

「……もうその名前は聞きたくない。あの時のことは、二度と口にしないって誓ったでしょ。同窓会の時だって、楓のことはひと言も……」

吐き捨てるように言うと、彩香はびくりと肩を揺らした。

「そ、そうだよね。……ごめん」

もごもごと謝るや、彼女は急に用事を思い出したと言い、逃げるように去っていく。

びくびく、おどおどとした、その態度にイライラした。

なぜ、よりにもよって今、そんなことを思い出させるのか。

早苗は鬱々《うつうつ》とした気分を吐き出すように「ちっ」と舌打ちをする。

「こっちは今、それどころじゃないのよ……！」

思わずこぼしたつぶやきは、夕方の雑踏に紛《まぎ》れて消えた。

※

朝日が燦々《さんさん》と降り注ぐ公園のベンチで、鈴本実《すずもとみのる》は文字通り頭を抱えていた。

灰色の背広姿に、黒ぶち眼鏡《めがね》の五十二歳。容姿と同じくらい特筆するところのない、ごく普通の会社に勤める営業職で、妻と娘ひとりの所帯持ちである。

この年になるまで、ただひたすらマジメに働き、まっとうに生きてきた。

人に誇れるような経歴も実績もないが、そしりを受けるような瑕疵《かし》もない。

そんな、どこにでもいる中年男――

「なのに、なんでこんなことに……っ」

思い詰めるあまり声に出してうめき、そして唯一他人よりも恵まれている髪の毛を、両手でかきむしる。

会社の始業時間はとっくに過ぎていた。だが今日ばかりは出社する気になれない。

会社をサボるなど生まれて初めてだ。しかし鈴本ひとりが欠けたところで業務に支障はないだろう。

何しろ定年まであと八年も残しながら、すでに窓際に追いやられている身だ。

労基法にかろうじて守られているだけの、会社に不要な人員。——何かあれば即座に首を切られてしまうはず。

あんな、とんでもない疑いをかけられたともなれば、なおさら——

「やってない。……私は何もやってない……！」

自らの縁起《えんぎ》の悪い物思いに、両手で抱えた頭を左右にふる。

どうすればいいのか。

にゃー。

出るはずのない答えを求めて必死に考えていた鈴本の耳に、ふいに猫の鳴き声が届いた。

そして。

「どうしたんですか？　顔に死相が出ていますよ？」

低く響いたその声に、鈴本はハッと顔を上げる。

「え……？」

赤——

まず目に入ったのは、相手の瞳の色だった。

禍々《まがまが》しくも鮮やかな赤。

どこか覚えのあるような、目を背けたくなるような、不吉な赤。

めずらしいその瞳に魅入《みい》られるかのように、鈴本は一瞬だけ言葉を失い——それから相手の異様な姿勢にぎょっとする。

「おわぁっ!?」

公園の歩道の真ん中に——人が行き交う、れっきとした往来に、その男は身を横たえて頬杖《ほおづえ》をつき、こちらを見上げていた。

まとわりつく数匹の猫と共に。

「誰だアンタ……!」

まだ若い男である。ボサボサ頭ではあったが、大層見目のいい男だった。人の美醜《びしゅう》にこだわらない鈴本がそう感じるのだから相当なものだ。

しかし……着くずした黒のスーツをまとう痩身《そうしん》は、控えめに言っても猫まみれだった。

猫たちは青年に甘えつつ、つぶらな瞳で鈴本を見上げてくる。

んなぁーご!

答えを急《せ》かすように鳴く猫をなでながら、青年は秀麗《しゅうれい》な顔に陰鬱《いんうつ》な笑みを浮かべる。

「僕?　僕は宇相吹正《うそぶきただし》という者です。以後お見知りおきを……」

「————……」

歩道に横たわったまま自己紹介をしてくる怪しい青年を、鈴本はしばらくの間、言葉もなく見つめ続けた。

口を開いた。

宇相吹が隣に腰を下ろしたところで、不思議な赤い瞳にうながされるまま、鈴本は重い口を開いた。


「今朝のことです――」


ほんの一時間ほど前のことである。

いつものように通勤客と学生で混み合う電車に乗り、人の流れに押し出されるようにして駅に降りた鈴本は、「ちょっと!」というきつい声に呼び止められた。

ふり向くと、制服姿の女子高生が、眼差《まなざ》しをとがらせて鈴本を見上げている。

娘と同じくらいの歳《とし》の少女を、鈴本はとまどい混じりに眺めた。

見覚えのない相手である。声をかけられる理由に心当たりがない。

呼び止められたのは、他の誰かなのかもしれない――

そう思って周囲を見まわす鈴本の前で、少女はさらに思いも寄らないことを言い出した。

「さわったでしょ?　オジサン」

「は?　私が……?」

「いいから。早く、駅員室に行くわよ」

刺々《とげとげ》しい声でそう言うと、少女はこちらの手をつかんで歩きだす。

その先に本当に駅員室があることに気づき、鈴本は少女の手を振り払った。

「やめてくれ！　勘違いだ！　私は何も……っ」

「そんなの関係ない」

弁明の言葉をさえぎり、少女はこちらをひたと見据えてきた。

「百万円。それで痴漢《ちかん》のことは黙っててあげる」

「――……」

十代の少女とは思えない、暗い眼差しに呑《の》まれてしまう。

声を詰まらせているうちに、少女は右手を差しだしてきた。

「名刺出して」

「き、君……っ」

抵抗も虚《むな》しく名刺を奪い取られ、人で混み合うホーム上に立ちつくす。

そんな鈴本の名刺をひらひらさせながら、少女はニッとくちびるの端を持ち上げる。

「わたしは瑞原早苗。必ず会いに行くから、お金用意して待ってて。鈴本さん」

「…………っ」

それは鈴本にとって、人生の死刑宣告にも等しい言葉だった。

「……あの娘ですか？」

「ええ……」

宇相吹の問いに、鈴本は顔の前に広げた新聞の中でうなずいた。

夕方。下校時間をねらって駅前で待ち構えていたところ、件《くだん》の女子高生が現れたのだ。

「おとなしそうな顔をして。人は見かけによらないものですねぇ」

ボサボサ頭をかきまわし、宇相吹がつぶやく。

それを聞くともなく流し、鈴本は人混みの中を歩く早苗を、新聞のかげからじっと見つめた。

制服は近くの有名進学校のもの。

スカートの長さも、全体的な雰囲気《ふんいき》も、乱れたところは少しもない。

彼女と自分と、世間がどちらの発言により重きをおくかは、火を見るよりも明らかだ。

「痴漢さわぎなんて起こされたら、たとえ冤罪《えんざい》が証明できたとしても、会社は私を置いてはくれない。あげくクビにされたら今の時代、再就職だって……！」

どう考えても、さわぎになった時点で、失うものが多すぎる。

かといって相手の言うとおり金を支払うのも論外だった。

「子供の受験だってあるんです。百万円なんてとても……！　もう……私はどうしたらいいのか……！」

不安に押しつぶされるように、鈴本は音を立てて新聞をにぎりしめる。

そして藁《わら》にもすがるおももちで、傍《かたわ》らの青年をふり仰《あお》いだ。

「宇相吹さん……でしたか？　本当に解決してくれるんですか……？」

「いいですよ。あなたが望むなら……ね」

赤い瞳でこちらを見下ろす青年は、くちびるに底の見えない微笑をたたえていた。

奇怪な言動のみならず、佇《たたず》まいを目にしただけで、世間一般的な規範から外れていることがわかる。

あまりにも怪しい――ふだんなら、決して近づくことのない人種である。

(だが……！)

今の鈴本には、彼に頼るほか手段がなかった。

青年は何も語らなかった。

彼が何者であるのかも。どのように解決するのかも。

——聞かないほうがいい。

長い社会経験から身に染みついた保身の本能により、鈴本もまた、そこからあえて目をそらしていた。

どんな手段を用いるにせよ、自身に降りかかった災難を払うためには、こうする以外にないのだから。

自分のためにも。そして——

家族を守るためにも。

※

「きゃぁぁぁ……！」

恐怖のあまり早苗が悲鳴を上げると、周りを囲んでいた男達は「ギャハハハハ！」と野《や》卑《ひ》な笑い声で応じた。

学ラン姿の男達は、早苗の手足をつかんで押さえつけ、はやし立ててくる。

「ホラホラ！　足開けよ、瑞原!!」

「ちょっ、……や、やめて……！」

暴れる早苗と、おもしろがって悪ノリする男達の横には、派手なスカジャンをはおった女が腕を組んで立っていた。

その相手に向け、早苗は涙を浮かべて必死に懇願《こんがん》する。

「マミ先輩、止めてください……！」

「フン」

憎々しげにこちらを見下ろし、冷たく笑っているのは、ふたつ年上の予備校の女子生徒である。

早苗にとってはそれだけの相手だった。

関係ない。同じ講座を取っていることも。相手の年齢も。模試の成績も。早苗にはどうでもいい話だ。

しかし相手のほうはそうではないらしい。

年下で、進学校に通う、模試の成績のいい後輩を逆恨みし、目をつけてきた。

そして予備校に着いたとたん、早苗は彼らに見つかってしまい、空いている教室に引きずり込まれたのだ。

無様《ぶざま》に床に押さえつけられた早苗を、マミはつま先で蹴《け》ってきた。

「約束だろ？　百万集められなきゃ、こいつらに一回一万円で好きにさせるって」

楽しげに言い放つマミに、男達が調子を合わせる。

「あーもう我慢できねぇ」

「マジでヤッていーの？　ねぇ？」

ニヤニヤ笑う男達の、舐《な》めるような視線に身の毛がよだつ。

早苗はパニックになりながら必死に答えた。

「あ、あてはあります！　必ず持ってきますから……！」

そんな早苗を薄笑いで見下ろして、マミは「ホントに大丈夫かぁ？」とスカジャンのポケットからスマホを取り出した。

そこには、予備校の教室で下着だけの姿にされた早苗が写っている。

前回つかまったときに撮られたのだ。

マミはそれを早苗に突きつけ、舌舐《な》めずりするように言った。

「早く持ってこないと、おまえのストリップ画像、ネットにばらまいちゃうぞぉ」

「いやぁぁぁっ」

真っ赤になった早苗の目に涙がにじむ。

「やめてください、マミ先輩！　それだけは勘弁して……！」

「その『先輩』って呼び方、浪人生のアタシをバカにしてんだろ？　ん？」

「ち、ちが……っ」

首をふる早苗の両頬を、マミの平手打ちが往復した。

「あーあースイマセンねぇ！　アンタみたいに進学校じゃなかったモンで！」

「そ、……そんなこと、言って……あぅっ……」

「賢いアンタとちがってアタシ、バカなもんでぇ!!」

執拗《しつよう》に殴《なぐ》るマミを、男達が苦笑いで制した。

「そんくらいにしとけよ、マミ。ボコボコの顔じゃヤる気起きねーし」

「女のイジメは陰湿だねぇ」

早苗を解放した彼らは、まったく感情のこもっていない口調で「かわいそー」などと言い合っている。

スマホをポケットにしまうと、マミは床に這《は》いつくばる後輩を最後にひと蹴りした。

「明日までに全額用意できなかったら、マジでこいつらに姦《や》らせるからな！」

言うだけ言って、マミは取り巻きを引き連れて教室から出て行く。

のろのろと身を起こしながら、早苗は遠ざかっていくスカジャンと学ランの男達の背中を、怒りを込めてにらみつけた。

（チキショウ……！）

頭の悪い、低俗《ていぞく》な女。

何回浪人しても大学なんか受かるはずがない。あんなバカな女、予備校に通うだけムダなのに！

怒りにまかせて床を殴り、早苗はくちびるを嚙《か》みしめた。

でも自分は彼女に逆らえない。

卑怯《ひきよう》な手を使われたとはいえ、あんな写真を撮られてしまったのだ。どうしようもない。

（くやしい……‼）

床の上でにぎりしめたこぶしに、ぽたぽたと新たな涙がこぼれ落ちる。

一番バカなのは、あんな女の言いなりになっている自分だ。

今に見てろ――

殴られ、じんじんと熱を持っている両頰の痛みをこらえ、早苗は手の甲でぐいっと涙をぬぐった。

※

「お疲れ様でーす」

終業時間をほどよく過ぎた頃、会社のそこここでそんな声が上がりはじめた。

鈴本も荷物をまとめて周りに声をかけ、職場を後にする。

エレベーターに向かおうとしたところで、後輩が手を振ってきた。

「鈴本さん、今夜みんなで飲みに行くんスけど、いっしょにどースか?」

「いや、私はいいよ。それじゃ……」

屈託のない誘いに会釈《えしゃく》を返して通り過ぎると、背中でささやき合う声がした。

「ムダだって。あの人絶対来ないよ」

「キャバクラもギャンブルも、一度も行ったことないんだぜ。アイツ」

「妻と子供がいるけど、実は童貞なんじゃないかって噂《うわさ》だ」

「ぶはは! そんな人生でストレス溜まんないんスかねぇ」

「マジメなだけの人生なんて……ねぇ?」

乗り込んだエレベーターの扉が閉まり、ささやき声も消える。

(ほっといてくれ)

鈴本は年季の入った通勤カバンを持つ手に力を込めた。

今までは、もっと自信を持ってそう思えたはずだ。

マジメに生きていれば、道を踏み外すこともない。一生平穏に生きていけるのだと。

確かにおもしろみはないかもしれないが、マジメは決して悪いことではない。

人生、堅実が一番。

これまでは心からそう信じていた。

だが――

早苗から指示された待ち合わせ時間に、駅前のベンチに腰を下ろした鈴本は、これまで堅持していた自分の価値観が揺らぐのを感じていた。

マジメに生きていても、こんなふうに身を滅ぼすことが起こりうるのだ。

ならば、これまでの自分の人生とは一体何だったのだろう……？

酒もたしなまず、妻しか女を知らず――

「百万円、今すぐ用意して！」

突然のどなり声に、鈴本は物思いから我に返り、飛び上がった。

「え、……な……っ」

見れば、目の前に早苗が立っている。しかしその姿はボロボロだった。

制服は汚れ、顔は殴られたように腫《は》れている。おまけにひねりでもしたのか、ダラリと下がった右腕を、左手でしきりにさすっている。

鈴本はあわてて立ち上がった。

「ど、どうしたんだ!? そのケガ……っ」

「関係ないでしょ! それより早く! 百万円!」

「無茶だ! 私にはそんなお金、逆立ちしたって払えないよ……っ」

おろおろと答えると、少女は大きな音をたてて舌打ちをした。

「だったら私、警察に行くから……!」

「ちょ……ま、待ってくれ」

ひどく感情的になっている少女の肩を、とっさにつかむ。

そしてなんとなく腑《ふ》に落ちた思いで訊ねた。

「なぁ、君……もしかして誰かに脅《おど》されてやっているのか?」

きっとそうだ。

こんなにマジメそうな子が、恐喝《きょうかつ》なんかするはずがない。

悪いのはきっと、この子のマジメさに目をつけた周りの人間なのだろう。

自らの思いつきに、胸の奥からふつふつと使命感が湧きたってくる。

「もしそうなら……見過ごすわけにはいかない」

はっきり言うと、早苗は心細げにふと眼差《まなざ》しをゆらした。

その目を見つめて深くうなずく。

「話してくれないか？　オジさんでよければ……」

「………っっ」

早苗はしばらく声を詰まらせ、やがて両目に大粒の涙を浮かべた。何かを言おうとした彼女の腫れた頰《ほお》を、幾筋もの涙が伝って落ちる。

「――――」

その光景に、鈴本ははからずも胸が高鳴るのを感じた。

そこで生じた甘い熱が全身に響き渡っていく。

そういえば、女性が泣くのを見るのは生まれて初めてだと――鈴本は、そのときようやく気づいた。

「予備校でイジメに？」

「不良の先輩に目をつけられて……、それがどんどんエスカレートしていって……っ」

はじめ、気丈に話そうとしていた早苗は、そこでぽろぽろと涙をこぼした。

「ご、ゴメンナサイ、巻き込んじゃって……でも、他に方法が……思いつかなくて……

っ」

ひっくひっくとしゃくりあげ、子供のように泣き続ける。

——と。

木偶《でく》人形のように、ただそれを見つめていた鈴本に、彼女は抱きついてきた。

「お願い！　助けて、おじさん！」

「ちょ……、君……っ」

「裸の写真を何枚も撮られたの——」

「ハッ、ハダ……!?」

「お金を持ってかなきゃ、ネットでばらまくって……。私、もうどうしていいのか……っ」

しがみついて訴えてくる早苗の細い身体《からだ》を、鈴本はやっとの思いで自分から引き離した。

「瑞原さん……だっけ？　何とかしてやりたいけど——」

子供のすることと思いきや、イジメの内容はなかなか深刻だった。

人に見られたくない写真をにぎられていると言われると、警察に通報するのもはばかられる……。

「——そうだ」

悩んだ鈴原の脳裏《のうり》を、そのとき、謎めいた赤い瞳がよぎった。

（あの宇相吹という男なら、この子をいじめている相手にも、話をつけてくれるんじゃ……!?）

ひらめいた考えは、なかなかいいアイディアのように思える。

鈴本は早苗に向き直り、力をこめて言った。

「私に任せてくれないか？」

「え……？」

「この手のモメ事を解決してくれるという人を知ってる。……私から相談してみる」

「ホ、ホントですか……!?」

早苗は信じられないといったように顔を上げる。

「……もしホントだったら、嬉しい」

「大丈夫だとも！　きっと何とかなる」

少し無責任なほどに勢いよく応じてしまったのは、彼女をはげますため。

断じて、自分を大きく見せようとしたわけではない。

多少の後ろめたさを押し隠して見つめていると、少女は安心した様子で、泣き顔にわずかな笑顔を浮かべた。

「ありがとう、おじさん……」

そう言いながら、鈴本の肩にこつんとおでこをのせてくる。

鈴本はどぎまぎとそれをたしなめた。

「こ、コラ。若い娘が……そんなにくっつくもんじゃない……っ」

しかし彼女は「ふふっ」と無邪気に笑うだけで、気にする様子なく、そのままつぶやいた。

「何かお礼をしなきゃいけませんね。でも私……鈴本さんが欲しがるもの、持ってるかな……？」

のんびりとした問いに、気がつけば鈴本の目は、制服のスカートからのぞく少女の素足に張りついていた。

内側から光を放つかのような、瑞々《みずみず》しくも白い肌。健康的にのびた脚。

昨日までまったく無縁だったそれらが、今は手をのばせば届くところにある——その事実に、ごくりと喉《のど》が鳴る。

しかしすぐ我に返り、邪念を振り払った。

「き、気にすることないよ！　私にも君と同じくらいの娘がいるから……ほっとけなくてね……」

「へぇ、娘さん……。いいお父さんでうらやましいな」

見上げてくる少女の笑顔から目をそらし、鈴本はひとりでベンチから立ち上がった。

「と、とにかく安心して。また明日来なさい。その人には私から話しておくから」

「はい」

早苗は涙をふき、大きく手をふりながら去っていった。

それを、鈴本はホッとしながら見送る。

（あんなに嬉しそうに手をふって……）

きっと根は素直な子なのだろう。

いじめになど遭《あ》わなければ、その笑顔のままでいられたのだろうに。

少女の姿が見えなくなっても、鈴本はそれからしばらく立ちつくし、彼女が去っていった先を眺め続けた。

※

駅のホームで、電車待ちの列の一番前に立っていた早苗は、スクールバッグから参考書を取り出した。

読み始めて数分がたったころ、電車の到着を知らせるメロディーがホーム上に響きわたる。それにかぶせるようにして、駅員のアナウンスが急行列車の通過を告げた。

かまわず参考書の内容を追っていた早苗は、そのとき、ふと何かの気配を感じて背後をふり向く。

そこには赤い瞳を持つ男が、陰鬱《いんうつ》な笑みを浮かべて立っている。

「――……」

上背《うわぜい》のあるその男をふり仰《あお》ぐ早苗の耳に、速度を落とさずホームに侵入してくる急行列車の轟音《ごうおん》が、またたくまに近づいてきた。

※

宇相吹が待ち合わせ場所として指定してきたのは、よりにもよってSMバーだった。

照明は暗く、音楽はうるさい。ポールの設置されたステージでは、扇情《せんじょう》的な赤い光のなかで、水着のような黒革の衣裳《いしょう》を着た女が、腰をくねらせて踊っている。

もしその店のカウンターに、こちらに向けて手を振る宇相吹の姿がなければ、まわれ右して逃げ出してしまったにちがいない。

「――――……」

鈴本はいつもの背広姿で、通勤カバンを腕に抱え、その店の中におずおずと足を踏み入れた。

当たり前だが、こんなところに来たのは初めてである。

困惑と緊張とで混乱しきっていた鈴本は、座席に腰を下ろしたとたん宇相吹から言われたことに、さらに頭が真っ白になった。

「瑞原さんを……こっ、殺したぁっっ!?」

真っ青になって凍りつくこちらをおもしろそうに見やり、ボサボサ頭の青年はフッとほほ笑む。

「大きい声出しちゃダメですよぉ。うるさい店とはいえ、聞こえちゃいますんで……」

「そ、そんな……バカな……」

「言ってませんでしたっけ？　これが僕の解決法です」

さらりと言って、彼はグラスに口をつけた。

ドン、ドン、ドン、と重低音の音楽が速いリズムを刻む。まるで自分の心臓の音のように。

頭の中をかきまわす音楽を聞きながら、鈴本はただただぼう然とする他なかった。

「……なんて……恐ろしいことを……！」

ややあってしぼり出したうめき声に、青年は平然と応じる。

「スッキリしたでしょ？　まぁ飲んでください。僕はジュースですが」

「冗談じゃない！　私はこんな解決なんて望んでない！」

激昂《げっこう》のままに声を張り上げた鈴本の目から、ふいに涙があふれだす。

ぼろぼろと泣きながら、鈴本は激しい後悔《こうかい》に頭を抱えた。

「あの娘は……瑞原さんは何ひとつ悪くなかったのに！　ま、守ってやるって言ったのに
……！　私のせいで、瑞原さんは……っ」

とめどなく涙を流す鈴本を、しかし宇相吹は白けた眼差《まなざ》しで眺めてくる。

「そんなきれい事を言って……」

「きれい事だと!?」

食ってかかった鈴本は、そこでぎくりと息を呑《の》んだ。

魂まで凍えさせるような冷ややかさで、赤い瞳がこちらに据えられていたのだ。

言葉を失う鈴本に、宇相吹はそれまでの軽い調子が嘘のように、低い声で告げてくる。

「ホントは期待してたんでしょ？　瑞原さんとヤれるって」

「はぁ!?」

「そんなこと、ひとつも考えなかったとは言わせませんよ。見てましたよ。あなたと瑞原さんが話してるところ。欲望を我慢するのに精一杯って顔だったじゃないですか」

フフフ、と含み笑いを浮かべる宇相吹に、店の女が近づいてきた。

ひとり、またひとり。黒革の倒錯《とうさく》的な衣裳を身につけた女が、宇相吹にしなだれかかり、白い肌を押しつけて気を惹《ひ》こうとする。

その肌がどれだけやわらかいのか、鈴本も知っている。まさに昨日、早苗が抱きついてきたから――はるか遠い記憶となっていたそれを思い出したのだ。

ドン、ドン、ドン、ドン……！

こめかみで心臓が鳴る。何かを壊しそうなほど、大きな音で。

そんな内心を見すかすかのように、宇相吹はくちびるに浮かべる笑みを深くした。

「気づいてないんでしょ、あなた。『本当の自分』に……」

「な……っ」

「禁欲的に、ひたすらマジメに生きてきた。それが本当の自分？　あなた自身？」

「――……」

奇怪な黒い仮面をつけた女が、宇相吹の首に腕をまわす。女の、深い胸の谷間に視線が釘づけになる。

「思いこみですよ、ソレ」

ドクン！

心臓がひとつ、大きく鳴る。鼓動はそのまま、甘い熱となって全身に響き渡った。

酒を飲んだわけでもないのに酩酊《めいてい》した気分になる。

おそらくは酔ってしまったのだ。

うるさい音楽の鳴るこの店の雰囲気《ふんいき》に。見られたくないものを隠してしまう、暗がりの隠微《いんび》さに。赤い光に浮かび上がる女達の媚態《びたい》に。そして——禍々《まがまが》しくも冷ややかに自分を見つめる赤い瞳に。

おぞましい。

頭ではそう思うものの、声がでてこない。

ただぼんやりと、目の前の男に心を蹂躙《じゅうりん》されるばかり。

女たちはあいかわらず宇相吹に群がっていた。つやつやと光るレザーの衣裳が、拘束具《こうそくぐ》のように肉感的な曲線に食い込んでいる。

ぴったりと張りついてしまい、そこから目を離すことのできない鈴本の耳に、蜜のごとく甘いささやきが注ぎ込まれてくる。

「あなたの心の奥にはいつも欲望の炎がくすぶっている。……自制して、押し込めて、今まで気づかないフリをしていただけ。……瑞原さんがその欲望に気づかせた。そして焼けた鉄のようになった欲望の塊《かたまり》は、昇華しない限り、終わることなくあなたの心を焼き続ける——」

言葉は酸のように心の表皮を溶かし、じわじわと侵食してきた。

もろくも蕩《とろ》けた理性のはざまから、ドロドロとしたものがあふれ出す。

今までずっと、奥底に押し込めていたものが。

ゴクリと、音を立ててツバを飲み込む鈴本に、宇相吹は一枚の写真を差し出してきた。

そこには特徴的なスカジャンを身につけた、若い女の後ろ姿が写っている。

スカジャンの背には、大きな般若《はんにゃ》の顔がプリントされていた。

「瑞原さんを脅していた女です」

その言葉にハッとする。

じっと写真をにらむ鈴本に、宇相吹はうなずいた。

「瑞原さんは、その女のせいで死んだ。……その女にはしかるべき報いが必要かもしれませんねぇ？」

含みのある微笑を浮かべ、底光りする赤い目がまっすぐに見つめてくる。

ドクン、と心臓がふたたび大きく震え、鈴本は眩暈《めまい》に襲われた。

（あぁ――）

欲望の赤。

怒りの赤。

炎のように燃え立つその色は、見れば見るほど悩ましい毒を湛《たた》え、宇相吹の瞳の中で誘うように揺らめいていた。

その店からどうやって駅まで戻ったのか、記憶は定かではない。

鈴本の頭の中は、ただただ宇相吹に突きつけられた己の『真実』に占《し》められていた。

（私が瑞原さんとの関係を望んでいた？　バカな……。私にはそんな淫《みだ》らな感情なんて……っ）

そう考えつつも先ほどから動揺《どうよう》が治まらない。

頭には血が昇り、鼓動は走った後のように速いまま。

何やらひどく暑く感じるのも、混雑した電車のせいばかりではないだろう。

ふとした拍子に、前に立つ女性のうなじが目に入り、鈴本はぎゅっと目をつぶった。

（こっ、この私がそんなこと、望むはずがない……っ）

必死の思いで自分を抑えつけた、その矢先、ブレーキをかけた電車が大きく揺れ、傍《かたわ》らの女性が寄りかかってくる。

「すみません……」

小さくつぶやいて、女性はすぐに離れた。しかし鈴本の目は、形よく突き出した相手の臀部《でんぶ》に吸い寄せられてしまう。

気がつけば手がそちらにのびていた。

ガタン、と電車が停まった音で我に返り、すんでのところで手を引き戻す。

(なっ、……ちがう！　私はそんな、ふしだらな人間ではない……!!)

強く手をにぎりしめ、車輛《しゃりょう》の隅に移動すると、鈴本は固く目をつぶったままジリジリと身を灼《や》くような欲求に耐えた。

そして自宅の最寄《もよ》り駅に着くや、逃げるように電車から降りる。

(わ、私はちがう……。そんな人間じゃ……！)

家路をたどる間にも、ふつふつと湧き上がる邪《よこしま》な熱は治まる気配がない。

鈴本は頭を振り、くり返し自分に言い聞かせた。

(私はそんな人間じゃない……。悪い遊びなんて、今まで一度だって……。だって私の人生はマジメひと筋で……)

ふらふらと力なく歩きはじめてほどなく、若者達のガサツな笑い声が、近くでわき起こった。

何気なくそちらを見やった鈴本は、目を瞠《みは》った。

(あれは――)

コンビニの前でたむろしている若者グループの中から、ひとりが離れていこうとしている。

「わーってるよ、じゃーな！」

大きな声で言い、仲間に手を振っているのは、特徴的なスカジャンを身につけた若い女だった。

背中しか見えないが、それだけで充分だ。

そこに描かれた般若のプリントを、先ほど写真で見た。

まちがいない。あれは瑞原早苗をいじめていたという、予備校の先輩である。

(あの女が瑞原さんを……！)

憎悪《ぞうお》をこめて見据えた瞬間、ふいに起きた風に女のミニスカートがめくれ上がり、下着がのぞいた。

(な……っ)

学生のものとも思えない、色気づいた下着。――その光景は脳裏《のうり》に焼きつき、それ以外目に入らなくなる。

おりしも相手はそのままひとりで歩き出す。

鈴本の足は自然と、その後を追った。そして人気《ひとけ》のない公園まで来たところで、衝動的に行動を起こす。

鈴本は無我夢中で背後から相手の口をふさぎ、茂みの中に引きずり込んだ。

「――――……っ!?」

声を出せずに暴れる女に馬乗りになり、その首に手をかける。

そして身体《からだ》の深いところから湧き上がる憤怒《ふんぬ》と、箍《たが》の外れた欲望に衝《つ》き動かされるまま、首を絞《し》める手に容赦《ようしゃ》なく力をこめていった。

「これは報いだ!!」

抵抗する相手に向け、声を張り上げる。

「あぁ、そうだよ！　あの娘とヤりたかったさ！　でもあの娘だってその気だったんだ！　思わせぶりなことを言って、私を誘ってきたじゃないか！　それなのに……あともうちょっとだったのに……!!」

少しずつ抵抗する力を失っていく女の首を絞めながら、鈴本は自らがひどく興奮していることに気づいた。

いま自分は、相手の命運を手にしている。それも力尽くで！

それはかつてない昂揚感《こうよう》となって心をふるわせる。

「全部この女がいけないんだ、この女が……！　子供のくせに身体ばっかり成熟しやがって、この売女《ばいた》！」

わめき散らし、思い知らせようと、ますます力を込めていき――

激情に酔いしれていた鈴本の耳に、そのとき。

ふいにかぼそい声がとどいた。

「……うさん……」

「？」

首を絞める自分の手から、相手の顔に目を移し、鈴本はこれ以上ないというほど目を見開く。

「……や……めて、おと……さん……っ」

「――真美《まみ》……？」

派手なスカジャンを身につけた相手の顔は、よく見知ったもの。

鈴本真美。……まごうかたなき自分の娘である。

「……え？」

我に返った鈴本はあわてて手を放したが、遅かった。

娘は力なく横たわり、涙の跡の残る瞳からは急速に光が失われていく。

「おっ、おい……！　真美！」

強く肩をゆさぶっても、何の反応もない。

「真美……っ」

※

「嘘だぁぁぁぁぁぁ……！」

頭を抱えて絶叫する男を、早苗は公園の茂みの陰からじっと眺めていた。

その横では、背の高い男が木にもたれかかっている。

ボサボサ頭で、黒いスーツを着た、陰鬱《いんうつ》な赤い瞳の男――

（楓の言った通りだった……）

中学のときに仲良くしていた楓は、臆病な子だった。そのくせサイコホラーが大好きで、
特殊犯罪や、都市伝説のたぐいに傾倒していた。

その彼女があるとき、言っていたのだ。

ここ数年、この近辺には『電話ボックスの殺し屋』がいるという噂《うわさ》があると。

殺し屋はボサボサ頭で、黒いスーツを身にまとい、赤い瞳の持ち主なのだという。

聞いたときはマトモに受け止めなかった。

しかしあの日――彩香と再会した後、まさに楓のことを考えていたさなかに、噂とそっくりな男が目の前を通り過ぎたのである。

真美から言い渡された百万円のことで悩んでいた早苗は、つい声をかけてしまった。

『もしかして……電話ボックス……の……？』

半信半疑――どころか、一割も信じてはいなかった。

相手が不思議そうな顔をしたら、すぐに立ち去ろうとも考えていた。

しかし。

呼び止められた男は、ふり向くとニヤリと笑って返してきたのである。

『僕に何かご用で？』

それが、早苗の復讐《ふくしゅう》の始まりだった。

真美のような頭の悪い人間とはちがう。早苗は知恵を使い、自分の手を汚さずに相手を苦しめて殺す方法を考えた。

そしてそれは思った以上にうまくいった。

公園の中の親子を見やり、クッとくちびるを歪めて笑う。

「これは当然の報いよ！　あのオジサンも！　自分の娘すらまともに育てられないくせに、善人ぶって私を『助ける』ですって？　笑っちゃう……！」

「気が晴れましたか？　瑞原さん……」

のんびりとした宇相吹の問いに、早苗は声を詰まらせる。

こちらを見つめる赤い瞳は、心の中をあますところなく見すかしていそうで――

「……当たり前でしょ」

不気味な目に負けまいと、早苗は意地になって答えた。

「最高の気分よ」

そして用は済んだと、青年に背を向けて公園を後にする。

足早に離れようとする早苗を笑うかのような、宇相吹のつぶやきが背後でかすかに響いた。

「哀れだね。人間は……」

これで終わった。自分の力で、ようやく平穏な日常を取り戻したのだ。後悔《こうかい》はしていない。

早苗はまっすぐに自宅に戻り、そして玄関の前で大きく深呼吸をした。

大丈夫。罪には問われない。

自分のしたことは、誰にもバレない。

ひるみそうになる気持ちを奮《ふる》い立たせ、早苗は何でもないふうを装ってドアを開ける。

「ただいま～」

「おぉ、お帰り」

帰宅した早苗を迎えたのは、ちょうど居間から出てきた父親だった。

しかし――その顔を見て、早苗の喉《のど》がぐぅっと変な音をたてる。

「――……っ!?」

ペタペタと足音をたてて近づいてくるのは鈴本だった。

「どうした、早苗？」

いや、自分の父親である。声は。

でも顔は――

「真っ青だぞ、大丈夫か？」

鈴本が手をのばしてくる。早苗は飛び上がってその手から逃げた。

「いやぁぁ……！」

悲鳴を上げて階段を駆け上がり、自分の部屋に飛び込む。

内側から鍵《かぎ》をかけ、早苗はドアの前でずるずるとくずれ落ちた。

「はぁ……っ」

誰にもバレない？　でも自分は知っている。決して忘れない。

公園で娘の首を絞める鈴本の姿を。彼らをそこへ追いやった自分の策略を。

そしてあの男も知っている。

「……いや……」

逃れることはできない。

なぜなら今も視線を感じる。

脳裏《のうり》に焼きついた、あの赤い瞳が罪を突きつけてくる。

「あ……、あ――……」

人を殺した！　人を殺した！

心の内側からわき起こる糾弾《きゆうだん》の声に首を振る。

策を弄《ろう》して、故意に殺した。

計画をたてているときは、何とも思わなかったのに。
真美の死に様を思い出し、何度も何度もくり返し大きく頭をふる。
しかしどうしても、その光景をふりきることができない。
「いやぁ……！」
今になって震えが止まらなくなるのは、なぜなのか。
人を殺した！
両手で耳をおさえれば、胸の内で声が響く。
目をつぶれば、まとわりつくような赤い瞳が告げてくる。
二年前とはちがう。

自分は、本物の人殺しなのだと。

第二章　彩香

どこにでもあるラブホテルの一室が、ひどく上等な部屋のように感じた。

一緒にいる相手によって、周りの印象とはここまで変わってしまうものなのか。

ふくれ上がる期待を抑えつつ、篠塚幸次《しのづかこうじ》はごくりとツバを飲み込んだ。

(まさかこんなにうまくいくなんて——)

ベッドに座る自分の隣には、バイト仲間の少女が緊張したおももちで腰を下ろしている。

今年二十歳《はたち》になる自分より三つ年下の彼女は、前田彩香《まえだあやか》。

同じレンタルビデオ店で働き始めて三ヶ月ほどになる。

初めて見たときから、かわいい子だと思っていた。

頼りなげに輝く大きな瞳も、整った小さな顔も、毛先だけ少しウェーブのかかったツヤツヤな髪の毛も、ハデすぎないメイクも、幸次が今まで見た女の中で群を抜いている。

洒落《しゃれ》たデザインの高校の制服を着ていると、まるで雑誌やテレビで目にするタレントのようだ。

しかし性格はおとなしく、おっとりとしていて、目の離せないところがある。

だから時々、めんどくさい客にからまれているところを助けることもあった。

テキパキと作業できない彼女の仕事を手伝うのも日常茶飯事《さはんじ》だ。

だがそれはすべてバイト仲間としての協力の範囲内で——変な下心があってやったこと

ではない。……とは言わないが、少なくとも下心を見せたことはない。

それなのに――。

一時間前、バイト先の仲間達と飲み会をしていたカラオケボックスで、二人で抜けようという幸次の誘いに彩香はうなずいた。

誘った幸次のほうが信じられないくらいの出来事だった。

（背伸びをしたいのかな……）

ちょっと、そう感じるところもあった。

今日の飲み会で、彩香は高校生であるにもかかわらず、みんなと一緒に酒を飲んでいた。幸次はいちおう気を遣って、ソフトドリンクもあると声をかけたが、彼女は首を横に振った。

そして今、こういう状況になっている。

酔った勢い？　背伸び？　何でもかまわない。

少なくとも自分は彩香のことがずっと好きだった。その気持ちをまっすぐに伝えるまでだ。

緊張で硬くなっている様子の彩香の肩に、幸次はできるかぎり優しくふれた。

「オレ、はじめて君を見てから、ずっと好きだった……」

「あ、あたし……も……」

彼女が小さな声で答える。

ぎこちなく、言葉少なに答える様子がかわいい。

様子をうかがいつつ軽くキスをすると、彼女はされるがままに受け入れた。

「……いい？」

はやる心を押し殺し、最後の確認をする幸次に、彩香はかすかにうなずく。

（――――……っ）

もう、勢いをさえぎるものは何もない。

幸次は三ヶ月の間に積もっていた想いを伝えるべく、華奢《きやしや》な彼女の身体《からだ》を、慎重にベッドに横たえた。

※

「ちわっす。おつかれさまでーっす！」

いつものように、幸次がバイト先のレンタルビデオ店の裏口から入ろうとすると、ドアの前で店長が一服している最中だった。

中年の店長は、灰を落としながら苦笑まじりに答える。

「今日も元気だな、篠塚。ここんとこずっと張り切ってるじゃないか」

「いやー、まぁ……」

鋭い指摘に、幸次は頭をかいてごまかした。

彩香と結ばれてから数週間が経つ。交際は順調だったが、バイト先ではふたりがつき合っていることを秘密にしているため、自分が好調な理由は言いたくても言えないのだ。

店長と適当に雑談を交わしながら、幸次はそわそわとドアの向こうに思いを馳《は》せた。

店内には今、彩香がいるはずだ。

(そろそろ上がる頃だよな……)

このところ二人のシフトはうまく重ならず、すれ違いが続いている。

だからこそ、ほんの少しでも顔を見たいと、できるだけ早く来たのだが――

きょろきょろしながら店に入り、バックヤードに向かうと、ドアの向こうから彩香の声が聞こえてきた。しかも嗚咽《おえつ》のようだ。

(……泣いてる?)

思いがけない事態に、幸次は取っ手をにぎったまま息をひそめる。

と、同じく室内で別のバイト仲間の女の声が響いた。

「ええ!?　彩香ちゃん、ストーカーにつきまとわれてるの!?!?」

「はい……」

ストーカー、の単語に幸次も殴《なぐ》られたようなショックを受ける。

(マジで?　聞いてないけど……!?)

耳をそばだてると、彩香の小さな声がかろうじて聞こえてくる。

「気がつくと後を尾《つ》けられていたり……、一日何十回も電話の着信があったり……」

「相手に心当たりはあるの?　警察には言ったの?」

「言ってません。……怖くて……」

「つき合ってる人、いるんだよね。その人には?」

「……言ってません。……迷惑をかけたくなくて……」

そこで、彩香はまた嗚咽を始めた。

(まさか――……)

頭が真っ白になる。

交際が順調などと自分が浮かれている間に、彼女がそんな目に遭《あ》っていただなんて。

(なんで言ってくれなかったんだよ……!)

自責の念に、ギリギリとこぶしをにぎりしめた。

（迷惑なんて——）

彼女を守るためなら、どんなに面倒なことでも引き受ける。そのくらい、とっくに覚悟をつけていたというのに。

（彩香より大事なものなんかないんだから！）

そんな思いを新たにしていると、重い雰囲気《ふんいき》を引きずったまま、彩香とバイト仲間の女がバックヤードから出てきた。

幸次と目が合うと、彩香はハッとしたように目をみはる。こちらの表情から、話を聞いていたことに気づいたようだ。

「わ、わたし、ちょっと……っ」

動揺《どうよう》するそぶりでバイト仲間と別れ、彼女はフロアに向かおうとする。

幸次は荷物をバックヤードに放り込み、フロアに出るふりで、その後を追いかけた。

「彩香、待てよ」

小声で呼び止めると、彼女は怯《おび》えた眼差《まなざ》しでふり返る。

物陰に引っ張り込み、幸次は改めて訊ねた。

「さっきの、なんだよ？」

「…………………」

「ストーカーって誰だよ!?」

問い詰めると、彼女はうつむいたまま小さな声で答える。

「元カレが……」

「元カレ？　どんなやつ？」

彩香ははじめのうち困ったようにもじもじしていたが、こちらが一歩も引かない構えを見せると、ようやく観念したのか、レギンスの尻ポケットからスマホを取り出した。

画像フォルダの中から一枚の写真を選び、幸次に見せてくる。

「こいつ？」

幸次が訊ねると、曖昧《あいまい》にうなずいた。

液晶に写っていたのは、いかにも軽薄そうな男だった。

茶色く染めた髪は、男のくせにパーマがかかっていて、小洒落《こじゃれ》たポロシャツを着ている。

パッと見、金持ちっぽいが――こういうヤツに限ってプライドだけは高くて粘着質だったりする。

目をつけた相手に拒《こば》まれて逆恨みをしているとか、そんなところだろう。

「――……」

幸次は相手の顔をよく目に焼きつけた。

そしてこみ上げる怒りのままに宣言する。

「……わかった。今日からオレが送り迎えをする」

と、彩香はあわてたように首を横に振った。

「そんな、悪いよ……！」

「大丈夫。オレ、高校の時ずっと柔道部だったし。……言ったっけ？」

「あ、うん……。でも、そういうんじゃなくて……っ」

はっきりしない答えを返しながら、その顔は困惑にくもっている。

事が大きくなっていくことに不安を募《つの》らせている様子だった。

人を巻き込むくらいなら自分が我慢すればいい、とでも思っているのだろうか？

（そんなはずない！）

ただでさえ彩香はおとなしく、気の弱い性格だ。

だから何があっても全力で守り、幸せにするつもりでいたというのに。

彼氏である自分の目を盗み、彼女を——大切な人をこんなに悩ませ、恐怖を与えていただなんて。

彩香の泣きそうな顔を前にして、ますます犯人への怒りが募っていく。

これからはそんなやつの好きになどさせない。

「彩香を傷つけるようなことは、絶対許さない!!」

はっきりと言いきった幸次を、彼女はなおも心配の晴れない様子で、不安そうに見上げていた。


その日から、幸次は彩香の周りに元カレが近づいてこないよう、可能な限り警戒をした。

バイトのシフトも、大学の講義を休んででも彼女に合わせるようにし、もちろん家までの送り迎えも欠かさずに続ける。

すると確かに、何度か怪しい男の影を見かけることがあった。

自分がいるせいか、近づいてくることはないようだが、こちらを監視するような気配を感じる。

それは男の幸次にとっても不気味な感覚だった。

(ひとりでいるときに、こんな思いをしていたなんて……)

彩香の気持ちを思うたび、ふつふつと憤《いきどお》りを感じてしまう。

そんなある日――

大学の講義を終えてバイト先にやってきた幸次は、店内の様子をうかがう男の姿にめざとく気づいた。

（あいつ……！）

まちがいない。あの顔は彩香の元カレである。

そして今の時間、フロアでは彩香が働いているはず――

そう思ったとたん、頭に血が昇った。

「おい、おまえ！　そこで何してるんだ！」

幸次が声をかけると、相手は弾かれたようにふり向き、そのまま逃げていく。

「待て!!」

こちらもすかさず後を追って走り出したものの、繁華街《はんかがい》を少し走った末に姿を見失ってしまった。

「篠塚さん……！」

男のことに気づいていたのか、店の中から彩香も出てくる。

幸次のもとにやってきた彼女は、ひどく不安そうに「あの人は……？」と訊ねてきた。

「逃げたよ。――くそっ、あの野郎！　許せねぇ!!」

思わず毒づくと、彼女は絶望的な顔をする。

「どうしよう……」

心細げにつぶやく声はふるえている。

青ざめた顔でストーカーの走りさったほうを見やり、彼女はごくごく儚《はかな》い声をしぼり出した。

「どうすればいいの……」

※

三日後。

「え、旅行？」

バイトの帰り、幸次は彩香から信じられない事実を聞いた。

彩香の両親が今朝、そろって旅行に出てしまったというのだ。

「てことは今夜は彩香がひとりで留守番ってこと……？」

「……うん」

彼女は例によって小さな声で答える。

（うん、じゃねぇよ……っ）

幸次は心の中でうめいた。

どうしてそう不用心なのか——

説教をしようと見下ろすと、彼女は不安そうな眼差しで、ちらちらとこっちを見てくる。

いちおう危ないという自覚はあるようだ。

「——よし」

幸次は腰に手を当てて言った。

「今夜はオレも彩香んちに泊まる」

どう考えてもそうするしかない。

後で何かあってから後悔《こうかい》するなどごめんだから。

「篠塚さん……」

「ストーカーが来たらヤバいもんな」

ニッと笑うと、彩香は目に涙をにじませてうなずく。

「……はい」

そうと決まれば話は早い。

ふたりでコンビニに寄って買い物をし、予定外の泊まりの準備をする。

彼女の家に行く前に、歯ブラシやシェービングのセットを買うのは、何だか少し後ろめたいような——くすぐったいような、不思議な心地がした。

それは家に着いて、彩香の部屋に通されてから、よけいに強く感じてしまう。

いわゆる女の子の部屋だった。

こんなにきちんと片付けられた、きれいな部屋に入るのは初めてだ。

ピンクの花柄のベッドカバー、水色のぬいぐるみ、黄色い枕。フローリングの床には、白いカーペットが敷かれ、若草色のローテーブルが置かれている。

淡いパステルカラーで統一された部屋には、ほのかにいい香りがただよっていた。

(彩香は毎日この部屋で暮らしているのか……)

手の中でぬいぐるみをポンポン放りながら、まじまじと見まわしてしまう。

ちらりとベッドに目をやったとたん、妙な気持ちになりかけた。

いやいやいや、と幸次は自分を叱咤《しった》する。

(遊びに来たわけじゃないだろ!)

そうだ、浮かれている場合ではない、と改めて気を引きしめた。

と、チェストの上に置かれていた、シルバーのフォトフレームが目に入る。

中には制服を着た、まだ中学生くらいの少女が四人で写っていた。ひとりは、髪を茶色くする前の彩香である。

(やっぱかわいいな~。彩香がいちばんだな)

写真を眺めているうち、階段をのぼってくる、ゆっくりとした足音が聞こえてきた。

やがて彩香が紅茶をのせたお盆を手に現れる。

「あの……大したものはないんですが……」

そう言いながら、テーブルにお盆を置こうとした手はふるえていた。

ガチャン、とハデな音が響く。

「すみません……っ」

「いいよ、気にしなくて。それより……何か気になることでもあった？」

「いえ……。でも、あの……」

彼女が何かを言いかけた瞬間。

ガタン、と下のほうで音がした。

彩香がびくりと大きく肩をふるわせる。

「野郎……っ」

幸次が部屋を出て行こうとすると、彩香がしがみついてきた。

「篠塚さん……！」

「彩香はここにいて。大丈夫だから」

細い肩を押しやって階段に向かい、急いで下に降りていく。

広い家の中は、しんと静まりかえっていた。

居間、台所、洗面所、応接間と順番に見てまわるが、誰もいないようだ。

しかし――

玄関に来たところで、ドアの向こうに人の気配を感じた。

こちらの様子をうかがうような足音が、確かに聞こえてくる。

幸次は上がりかまちに置かれていた、ゴルフクラブのケースの中から、クラブを一本取りだした。

それをかまえ、勢いよく玄関のドアを開ける。

すると、そこにいた相手が――彩香の元カレが、ぎょっとしたように飛び退いた。

「え？　うわっ……」

そいつは幸次が手にしているゴルフクラブに気づいて、あわてたように逃げていく。

二度目となるその背中を、幸次は渾身《こんしん》の力でにらみつけた。

「待て!!　ストーカー野郎が!!　ボコボコにしてやる!!」

ゴルフクラブを振りかぶり、追いかけようとしたところ、家から飛び出してきた彩香が抱きつくようにしてそれを阻《はば》む。

「やめて！」

「離せ、彩香！　あいつが逃げちまう……！」

「いいから！」

ふるえる身体《からだ》を押しつけるようにして、彼女は必死にすがりついてくる。

「追いかけないでいいから！　ここにいて……！」

そう言って泣き出した彼女を放り出すこともできず、幸次はくやしい思いを嚙《か》みしめながらも、ゆっくりとクラブを下ろした。

「彩香……」

ひっくひっくと肩をふるわせるやわらかい身体を、やさしく抱きしめる。

「わかったよ、ここにいる。ずっと……ついててやる」

ポンポンと頭をなでると、彩香は泣き顔でふり仰《あお》いだ。

「……うん」

涙をぬぐおうともせず、子供みたいにうなずく。

しかし幸次はなんとなく、彼女の表情にいつもとちがう雰囲気《ふんいき》を感じた。

かわいい仕草とは裏腹の、何か――覚悟を決めたかのような。

いつも頼りなげな大きな瞳には、涙だけではなく、意外なほど強い光が浮かんでいた。

（それにしても――）

ストーカーの正体は何者なのだろう？

彩香はそれについて、はっきりとは教えてくれなかった。

相手が誰だか分からなければ守れない。そう問い詰めても、不安そうに口ごもるばかり。

報復に怯えているのかもしれない。

怖がる必要はないと、ずいぶん言ったのだが、結局うやむやに終わってしまった。

その日から彼女は体調をくずし、バイトを休み始めたからだ。

（どうすっかなー……）

彩香を守るためならどんなことでもするつもりだ。にもかかわらず、イマイチ信じてもらえていないような気がする。

ちょっと気を落としつつ、幸次はバイト帰りにコンビニに寄り、アイスをふたつ買った。

それを手土産《てみやげ》に、いつものように見舞いに向かおうとしたところ、ちょうどよく彩香の家の近くにある公園で当の本人を見かけた。

散歩だろうか。

「あや――」

彩香、と呼びかける声が途中で止まったのは、彼女がひとりではないことに気づいたせいだ。

そっと近づいてみると、ベンチに座る男と話をしているようだった。

（……あいつ誰だ？）

見覚えのない相手に眉《まゆ》を寄せる。

ストーカーの元カレではない。

しかし若い男で、黒い髪の毛はボサボサ。黒いスーツ姿でいながら何匹もの猫に囲まれている。

（なんだアレめちゃくちゃ怪しい……!!）

ひと目見てマトモではないと分かった。

何よりも異様なのは、その目だ。

男は見たこともないような赤い瞳を彼女に向けている。

不穏なことを予想させる、ほの暗く、ひどく禍々《まがまが》しい眼差《まなざ》しを。

少し冷静になれば、関わってはならないことくらい分かりそうなものだ。それなのに彩香はその男に向けて懸命に何かを訴えていた。

話の内容は聞こえないが、何かを相談しているようだ。

やがて彼女はスマホを取り出し、相手に写真を見せた。

男はそれを見てニヤリと笑うと、彼女を安心させるように、ひと言ふた言声をかける。

うなずいて涙ぐむ彼女をその場に残し、男は悠然《ゆうぜん》と公園から立ち去っていった。

(まさか――)

ストーカーについて相談でもしたのだろうか。

幸次のことが信用できずに、自分で何とかしようとして？

(冗談だろ……!?)

彩香のことは自分が守るのだ。

彼女は他の誰でもない、幸次の恋人なのだから！

(あんな怪しいやつに負けてたまるか)

その一心で、幸次は男の背中を追いかける。

何匹もの猫を引き連れて歩く男は、後ろ姿ひとつ取っても、決して周囲になじまなかった。

存在そのものがひどく異質で、不思議なくらい浮いて見える。

にもかかわらず――

「え？　……あれ……？」

しばらく進んだところで、幸次は相手を見失ってしまった。

人混みにまぎれ、いつのまにか見えなくなってしまったのだ。

(猫もいない……)

往来できょろきょろと左右を見まわしながら、狐につままれたような気分になる。

まさに消えたとしか言いようがない。

(結局何だったんだ……？)

首をかしげつつ、しかたがなく彩香の家に戻る。

しかし——彼女は出かけてしまったのか、何度呼び鈴を押しても、家はしんと静まりかえるだけ。

しばらく待ったが誰も出てくる様子はなく、幸次は溶けたふたつのアイスを手に、肩を落として家路についた。

※

翌日になっても、幸次の頭の中は彩香とあの謎の男のことでいっぱいだった。

大学で授業を受けている間も、学食で昼食をとっている時も、二人で話し込んでいた光景が目の前をちらつき、消えることがない。

その状態でぼんやりと授業を受け、気がつけば夕方になっていた。

「じゃあな、篠塚」

「おー。またな」

ひたすら長いだけだったゼミが終わり、みんなと適当に挨拶《あいさつ》をして教室を出る。

モヤモヤとした気分を引きずりながら、構内をひとりで歩いて帰りかけていた時、幸次はその人物に気がついた。

「あいつ……！」

五メートルほど先を歩いているのは、なんと彩香のストーカーである。

（まさかオレと同じ大学にいたなんて……！）

意外すぎる事実を知り、その場に立ちつくす。

にらみつけた相手は今日も、白いパンツにジャケット、デッキシューズという、チャラチャラした格好をしている。

サークルにでも所属しているのか、肩にはテニスバッグをしょっていた。

（彩香を苦しめておきながら――）

自分はこれからテニスをするとでもいうのか。

くるくるとはねた茶色い髪を、幸次は怒りを込めて見据える。

駅に向かっていた足は当然、男の後を追い始めた。

※

講義を終えてから大学のテニスコートに向かうと、もうほとんど人は残っていなかった。

照明に照らされた、がらんとしたコートを見て、高木亮《たかぎりょう》はため息をつく。

自分が一年や二年だった頃は、もっと遅くまで練習をしていたものだ。

「あれ、亮。今から？」

クラブハウスに入るところで、ちょうど中から出てきたテニス部の同級生が声をかけてきた。

「あぁ、ゼミが終わるのが遅くて」

「暗いから、ケガしない程度にな。大会も近いし」

「分かってるよ」

三年になった今、亮は念願かなってレギュラーの座を獲得した。

よって公式戦で結果を出すために、誰よりも練習しなければならない。

（っていうのに――）

着替えてコートに出た後、亮はボールマシンを相手にひとりで打ち込みを始めた。くり返しくり返し、フォームを意識して、飛んでくるボールを鋭く打ち返す。

しかし今日は調子が悪く、なかなかボールがねらった場所に行かなかった。

練習しながら、気がつくと別のことを考えているのだ。

集中できないことにイライラしつつ、亮は途中でひと息つこうとコート脇のベンチに向かい、ドリンクボトルに手をのばした。

気が散っている理由はただひとつ。

タオルを探してテニスバッグの中をかきまわす手が、ついついスマホをにぎりしめる。

普段、練習中はスマホを見ないようにしているのだが、今日は我慢できなかった。

待ち受けは、前田彩香といっしょに撮った写真。

彼女は高校の制服を身につけ、はにかむように笑っている。

通話の操作をすると、発信履歴《りれき》が表示された。そこには上から下まで、ずらりと彩香の名前。

「彩香のやつ……最近、何度かけても電話に出ねぇ」

電話を無視されると心配になる。

彼女に何かあったのではないか。何か困ったことになっているのではないかと不安になり、気がつくとついつい発信ボタンを押してしまう。

それでも無視されると、いよいよ悪いことばかり考えてしまい、直接会って確かめたくなる。

なのに――

「彩香の家にいた、あの野郎……あいつはいったい誰なんだ……」

思いあまって彼女の家を訪ねたところ、ゴルフクラブを持った大柄な男が出てきて、驚いて逃げてきてしまった。

確か、彩香の働いているレンタルビデオ店をのぞきにいった時も、すさまじい形相《ぎようそう》で追いかけてきた男だ。

仮にやりあったとしても、負けることはないと思う。だがしかし。

（なるべくケガしたくないしなー……）

今は大会前の大事な時期である。

レギュラーの自分が危険なことをするわけにはいかない。

苦い思いを呑《の》み下し、彩香に電話をかけようとしたとき、止めておいたはずのボールマシンが急に動き始めた。

「……え?」

と思った瞬間、飛んできたボールが亮の頬《ほお》をかすめる。

驚いてボールマシンをふり返ると、そこには見知らぬ男が立っていた。

ボサボサ頭の黒い髪、暗がりに溶け込んでしまいそうな黒いスーツ、そして――

濃い影を孕《はら》んだ赤い瞳。

突然現れた部外者に――その不気味な赤い目に呑まれながら、亮は声をしぼり出す。

「お……おまえ、誰だ?」

「初めまして」

背の高いその男は、こちらに向けて陰鬱《いんうつ》な笑みを見せた。

「僕の名前は宇相吹正《うそぶきただし》。職業は殺し屋です。今日はある依頼を受けてここに来ました」

「…………は?」

言われたことの意味がわからず、あ然とする亮へ、宇相吹はボールマシンを操作してボールを当てようとしてきた。

後から後から飛んでくるボールをラケットで避けながら、次第にこのところ抱えていた鬱屈《うっくつ》がふくれ上がっていく。

やがて爆発する感情のままに、亮は怒鳴りつけた。

「やめろ！　てめぇ何のつもりだ！　殺し屋だ？？　俺をそのボールで殺そうってのかよ？　ふざけんな！　イカれてんのか!?」

激昂《げっこう》するこちらに対し、相手はフッと口元をゆがめる。

「バトラコトキシン……」

「……は？」

「皮膚《ひふ》にふれただけで絶命するという猛毒です。それをボールに染みこませておきました。……たっぷりとね」

ニヤリと、楽しげに笑う宇相吹の赤い双眸《そうぼう》が光る。

とたん、亮は背筋の凍るような悪寒《おかん》に見舞われた。

（なんだコイツ……！）

あ然と立ちつくしていると、宇相吹はふたたび、ボールマシンを操作し始める。

次々と飛んでくるボールを、亮は必死になってラケットで防いだ。

ボールに毒が染みこませてあるなど、にわかには信じがたい。

だがしかし彼ならやるかもしれないという、得体のしれない確信がずしりと胸を圧迫し、ボールが怖くてたまらなく感じたのだ。

「なんでだよ！　……どうして俺を……!?」

わけも分からずボールをはじき飛ばしながら、亮は声を張り上げる。

宇相吹は依頼を受けたと言っていた。

いったい誰が、自分の死を願っているのか——

混乱しつつラケットで払ったボールのひとつが、高く飛んでコートのフェンスを越える。と、どこかで「痛っ!!」という声が上がった。

宇相吹は一度ボールマシンを止め、フェンスの向こうを見やって「おや……」とつぶやく。

ボールを警戒しつつ背後をふり向くと、フェンスの向こうには意外な人間の姿があった。

「おまえ……!?」

先日、彩香の家からゴルフクラブを持って出てきた相手である。

「痛ぇ……っ、痛ぇよ……！」

大柄な男は情けない声を上げながら額を押さえる。ボールが当たったと思われるそこは、みるみるうちに赤黒く腫《は》れていった。

「な……——」

異様な事の成り行きに、亮は言葉もなく立ちつくす。

「痛ぇっ、……死んじまうよ、……助けてくれぇ……っ」

涙を流して苦痛を訴えながら、男はよろよろとフェンスの入口まで歩き、今にも倒れそうな様子でテニスコートの中に入ってきた。

「なんで……なんでだよ……？　毒をつけたボール、なんで俺に当てんだよぉ……!?」

奇怪な痣《あざ》で顔を腫らした男に、宇相吹は「ふふ……」とほほ笑んで向き直る。そしておもむろにボールマシンを動かすと、男に向けてボールを放ち始めた。

「篠塚さん。おめでたい方ですよ、あなたは。何も気づいていないんですから」

ポン、ポン、とテニスボールが当たるたび、男の――篠塚の身体《からだ》には新しい痣ができ、腫れ上がっていく。

「やめっ、……やめてくれ！」

苦悶《くもん》に身をよじりながら、篠塚は宇相吹に向けて必死に訴えた。

「俺じゃないだろ……!?　死んだほうがいいのは、そいつだろ……!?」

そう叫んだ篠塚の指先は、まっすぐに亮に向けられている。

宇相吹にボールをぶつけられながらも、篠塚は顔を歪めて亮をにらみつけてきた。

「てめぇ……っ、ねちねち彩香につきまといやがって……！」

（は……？）

言っていることの意味が分からない。――いや、そもそも目の前で起きている事態が理解できない。

亮がぼう然と見つめるなか、篠塚はこちらに向けてよろよろと近づいてくる。

しかしすぐに、ガクリと膝をついて前のめりに倒れ込んだ。

コート上にうつ伏せになった篠塚は、それでもなお恨めしげに亮を見上げ、這《は》い進んでこようとする。

その頭の上に、ぽこんと最後のボールが落ちてきた。

ボールマシンの横で、宇相吹がニッとくちびるの端を持ち上げる。

「篠塚幸次さん……。あなた、本当に彩香さんとつき合っていると思っていたんですか？

……それ、思い込みですよ」

「……は？」

亮の口から思わず声がもれる。

この二人は何を言っているのだろう？

彩香とつき合っているのは、自分——高木亮だというのに。

※

「はぁ……」

彩香は自分の部屋の天井を見上げて、もう何度目か分からないため息をついた。

不安で不安でたまらない。

恐怖のあまり、ここ数日はろくに自分の部屋から出ることもできなくなっていた。

それもこれも、すべては篠塚幸次のせいだ。

ふとあることを思いつき、彩香はスマホを操作した。

アルバムを開き、中に一枚だけ入っていた幸次の写真を消す。

あの不気味な殺し屋に対象の顔を教えるため、いやいや撮って保存しておいたのだ。

二度と見たくない。

「これで……よかったのよね――」

幸次が自分に気のあることは、前から薄々気づいていた。

だからなるべく一緒にならないよう、気をつけてシフトを組んでいたというのに。

あの日――バイト先の飲み会に、なんとなく勢いで参加したあの夜、悲劇は起きた。

周りがみんなアルコールを飲んでいるからと、つい調子に乗って自分も口にしてしまったのは、たしかに彩香のまちがいだった。

しかし、酔っ払って前後不覚になった彩香をホテルに連れ込んだ幸次のやり方は、悪質なセクハラ以外の何ものでもない。

目が覚めたとき、なぜそんなところにいるのか分からず、パニックになった。

そして幸次の顔を見て、この上ない恐怖に襲われたのである。

酔いの残った彩香は、その時になってもまだ、まともに動くことができなかった。

その後に起きることを予想して絶望し——そして無情にも、予想は現実になってしまった。

幸次は、酔いと恐怖で逆らうことのできなかった彩香を、恥ずかしがっているなどと自分に都合良く解釈し、好きに身体を弄《もてあそ》んだのである。

（こんなこと、誰にも言えない……）

家族にも、友だちにも、——亮にも。

結局、被害を受けたことを隠して、何でもないようにふるまうしかなかった。

もともと彩香は気が弱く、問題に毅然《きぜん》と対処するような性格ではない。

幸次に対してもどうすればいいのかわからず、なかったことにしてしまった。——それが、事態をよけいに悪化させた。

すっかり勘ちがいした幸次は、それ以来、学校や家の前で待ち伏せしたり、執拗《しつよう》に電話やメールをしてくるようになった。

最悪だったのは、バイト仲間の女性にそれを相談した時のこと。

名前を伏せて、ストーカーに遭《あ》っていることを話したところ、それを幸次に聞かれてしまったのだ。

『ストーカーって誰だよ!?』

大柄で、高校の時に柔道部だったという幸次に激しく問い詰められ、彩香は恐怖のあまりとっさに元カレだと嘘をついた。

その後、写真を見せるよう迫られ、つい……亮の写真を見せてしまった。

（いくら怖かったからって……なんであんなことを――）

中学の時は、女の子の友だちとばかり一緒にいた。

異性の知り合いが少なかったため、とっさに見せられる写真が、亮のものしかなかったのだ。

申し訳なくて、亮にも連絡を取ることができなくなった。

そのせいで心配させてしまったのだろう。

亮はわざわざバイト先や彩香の家まで様子を見に来てくれた。――しかし、それが新たな問題を引き起こした。

彼をストーカーだと思い込んだ幸次が、逆上して追いかけまわしたのである。

（亮には大事な試合が控えているのに……！）

このままではいけない。

頭に血が昇った幸次をなだめながら、強い気持ちでそう思った。

そして初めて、自分で何とかしなければいけないと感じたのである。

『解決を頼めるのは、あなたしかいない――』

必死な彩香の訴えに、彼はだまってほほ笑んだ。

気味の悪い赤い瞳を意味ありげに細めて。

※

「う……うそだ……」

幸次は衝撃にかすれた声でつぶやいた。

依頼時に彩香から聞いた話として、宇相吹が語った内容に、天地がひっくり返るような衝撃を受けた。

彩香は自分を受け入れてくれた――そのはずなのに。

かわいい彩香。

おとなしい彩香。

押しに弱くて、自分の意見をはっきりと言うことができなくて、そんなところが放っておけず、守ってやりたかった——ただそれだけなのに。

幸次のかけた電話、送ったメール、自宅周辺の警備のすべてが、彼女の目にはストーカー行為として映っていただなんて！

何もかも、独りよがりな思い込みに過ぎなかっただなんて!!

「うそ、だ……っ」

しかしいくら否定しても、首を振っても、幸次の全身に散る、醜《みにく》く腫れ上がった痣は消えない。

あまりの痛みに意識が薄れていく。

これが、彩香が自分に対して望んだことだというのか。

こんなひどいことが。

「……う、……だ……」

誰にも届かない、かすかなうめき声を最後に、幸次の頭はテニスコートにガクリと落ちた。

変わり果てた姿の幸次にスマホを向け、宇相吹が何枚かの写真を撮る。

亮は真っ青になって、そんな宇相吹と目の前に横たわる人間とを見比べた。

「ひ、人殺し……っ」

「なんのことですか？」

「なにって……テニスボールに毒を……」

「あぁ、あれ――嘘です」

宇相吹はけろっと言い、笑顔を浮かべた。

「……え？」

「バトラコトキシンなんて、そう簡単に手に入るわけないじゃないですか」

宇相吹は幸次にぶつかったボールを拾い、両手の間でぽんぽんと行き来させる。

亮は拍子抜けして、胸をなで下ろした。

（――だよな。いや、タチの悪い冗談だとは思ってたけど……！）

ドッと安心しながら倒れたままの幸次を指さす。

「じゃあそいつが死んだっていうのも――」

「それは本当です」

「は？　けど――……」

ボールに毒を塗っていなかったのなら、死ぬはずがない。

そこでふと疑問に思う。

（なら、なんでこいつは……？）

亮はテニスコートに横たわる男を見下ろした。

それなら、ボールのぶつかった顔が赤黒く腫れているのはなぜだろう？

おまけに彼は死んだと宇相吹は言う。

意味が分からず目を白黒させる亮に向け、宇相吹は小さく肩をすくめた。

「こんな話があります。戦前、ある国で行われた実験です。実験者は、被験者の男に『人間は身体の三分の一の血液を失うと死ぬ』と説明し、首から下が見えない状態で男の腕をおもちゃのナイフでなぞり、腕を切ったという感触だけを与える。そして腕から血が流れていると思わせるため、地面に水を垂らす音を聞かせ続ける。その後、実験者は被験者にこう告げたのです。『そろそろ三分の一の血液が流れ出た頃だ』――それを聞いた男は、そのままショック状態になり死亡したそうです。切り傷ひとつない、完全な健康体であったにもかかわらず」

「な、なんで……？」

「思い込んだんですよ。『自分は死ぬ』と」

「だから死んだ……？」

「そう。人間は思い込みによって死ぬんです」

「ばかな……っ」

宇相吹にねらわれた人間は、彼の言葉を聞いただけで、自分は死ぬと思い込む？

何の変哲もないボールをぶつけられても、毒を塗ってあるという思い込みによって肌が腫れてしまう？

（ありえない!!）

理屈では、宇相吹の言葉はまったく信じることができない。

だが現に亮の前には醜く顔を腫らして事切れた人間が横たわっている。

それに――理屈ではない感覚的なところで、宇相吹の言うことに納得する自分がいた。

あの赤い瞳には何か、人をそんな最期《さいご》へと誘いかねない不吉な光がある。

暗示でもかけるかのように、死に至る思い込みを後押しする、不可思議な力が。

亮はハッと我に返り、あわてて手に持ったままだったスマホを操作した。

「警察に通報――」

「してもムダですよ」

「現に人が死んだじゃないか！」

「僕が何をしたというんです？」

けろりと訊き返され、言葉に詰まる。

「それは――……っ」

たしかにその通りだ。宇相吹はただ嘘をつき、ボールをぶつけただけ。

直接手を下したわけではない。

（……こういうの、何ていうんだっけ……？）

知っている。以前、何かのミステリーで読んだことがある。

犯罪が実現する可能性が極端に低い状況における容疑者。

たしか法律上、それはこう呼ばれるのだ。

「不能犯……」

亮のつぶやきに、宇相吹がニッと笑う。

ぞっとするほど陰惨《いんさん》な笑みと、目前の死体とを前にして、亮は膝からくずれ落ちた。腰が抜けたようにその場から動けなくなる。

へたり込む亮を肩越しに一瞥《いちべつ》した後、宇相吹はいつの間にか姿を消していた。

※

その日の夜、彩香は両親と共に食卓を囲んでいた。

共働きの両親は、普段は家を留守にしがちだが、このところふさぎがちな娘の状態に気づき、今日はふたりとも早く帰ってきてくれたのだ。

母は、子供の頃からの彩香の好物であるハンバーグを作り、父は何かと彩香に話しかけては会話を盛り上げようとしてくれた。

ふたりの気づかいに感謝しつつ、久しぶりに楽しい夕食をとっていた彩香は、ふとスマホにメールが届いていることに気がついた。

宇相吹からである。

「————……っっ」

一気に重い気分になりながら、受信したメールを開き——その瞬間、目に飛び込んできたものに息を詰まらせた。

ブクブクと醜く腫《は》れ上がった顔。

人であるとは思えないほど変色した異様な死に顔は、ハンバーグに似ていた。……そう、まさに今、彩香が口にしているもののような――――

ガタン!!

彩香は口元を手で押さえ、勢いよく席を立つ。

「彩香?」

いぶかしげな両親の前から走り出し、一目散にトイレに飛び込む。

食べたばかりのものをすべて吐き出しながら彩香は泣いた。

四六時中幸次につきまとわれ、不安で、怖くて、たまらなかった。

それを何とかしようとした結果、取り返しのつかないことをしてしまった。――その事実に、遅まきながらようやく気づいたのである。

それから数日、彩香は部屋に閉じこもった。

部屋のドアには何重にもガムテープを貼り、中からも外からも開けることができないようにした。

何か怖いものが入ってくるのではないかという強迫観念に囚われて、毛布にくるまり、ただ身を縮こめてふるえ続けた。

間接的にとはいえ、人を殺してしまった。

その恐怖に苛《さいな》まれるのと、幸次の死に顔が脳裏《のうり》に焼きついて離れず、この数日間、寝ることも食べることもできずにいる。

鏡の中の自分はたった数日でガリガリにやせ細り、いまや見る影もない。

あれ以来、亮とも連絡を取っていなかった。

彩香は宇相吹に幸次の殺害を依頼したことを、ただただ後悔《こうかい》していた。

（警察に相談することもできたはずなのに……、どうしてあんなことしちゃったんだろう……？）

あれは、幸次に乱暴されてからしばらくたった頃。

彼の連日のストーカー行為に疲れ切っていたある日、自分の部屋の窓から外を眺めていて、あの男を見つけたのだ。

ボサボサ頭に、黒いスーツ、赤い瞳。

中学のとき、楓《かえで》から聞かされた都市伝説の男にそっくりの、あの男を。

ひと目見た瞬間に、彩香は男にひどく惹《ひ》きつけられた。

気がつくと家を飛び出し、懸命に男の後を追っていた。

自宅近くの公園まで追いかけたところで姿を見失い——がっかりした瞬間、背後から声をかけられたのである。

『僕に何かご用で？』

彩香は驚いて立ちつくした。

しかしあの赤い瞳を見つめるうち、彼ならば何とかしてくれる。自分の抱える問題を解決してくれると、感じてしまったのだ。

（どうしてあんなふうに思ったんだろう……？）

かかわるべきではなかった。

こんなに苦しいことになるなら、やめておけばよかった。

何十回――いや、何百回も嚙《か》みしめた後悔にまた苛《さいな》まれる。

（苦しい――……）

喉《のど》が渇《かわ》いた。この部屋にこもって以来、水も飲んでいないのだから。

昨日くらいまではずっとふるえていた身体《からだ》も、いまはびくともしない。ふるえる力すら尽きてしまったようだ。

指一本動かすことができない状態で、彩香は窓に寄りかかるようにして、ただぼんやりとベッドに座っていた。

（助けて。誰か……）

うつろな眼差《まなざ》しで外を眺めていた彩香の目が、ふいにあるものを捉える。
家の前の路上にいるのは。
こちらを見上げ、陰鬱《いんうつ》な微笑を浮かべている、あの男は。
(宇相吹――)
彼は彩香に向け、何事かを告げようとするかのごとく口を動かした。

ミ・ズ・ハ・ラ・サ・ナ・エ・モ……

聞こえるはずがないというのに、彼のつぶやきを彩香は理解した。
赤い瞳が不気味に輝く。
(まさか……宇相吹は、わたし達を…………)
彩香は今になって初めて、事の真相に思い至る。
しかしそれも、薄れゆく意識の中にまぎれて輪郭《りんかく》を失っていく。
もうどうでもいいことだ。
どうせもう終わりなのだから。

見上げる窓の向こうで、命の灯が消える。

宇相吹はくちびるにいつもの笑みを刻んだまま、静かにつぶやいた。

「愚かだね……人間は……」

深夜、スタンドの電気だけをつけた薄暗い部屋の中で、ハガキをにぎりしめる。

「許せない……許せない……。なんで私だけ……許せない……」

ハガキに印刷された写真には、笑顔を浮かべた大勢の同級生たちの姿があった。

その中で、周囲と同じように明るく笑う、三つの顔をにらみつける。

「許せない……」

深い悔恨《かいこん》と憤激《ふんげき》を噛みしめ、低くつぶやく。

うなるように、くり返し。くり返し。

静まりかえった暗い部屋に、呪詛《じゅそ》の声だけが虚《むな》しく響く――

い、い、い、あの日から、明けない夜の中でもがいているのは自分だけ。

そのことがどうしても許せなかった。

第三章　藍子

昼休みの高校の廊下《ろうか》は、いつものようににぎやかだった。

さっさと昼食を食べてグランドに出て行こうとする男子や、なんとなく集まってしゃべる女子の間をすり抜けて歩きながら、藍子《あいこ》は手にしていた紙袋を開け、中身をチェックする。

「ミックスサンドと野菜ジュース……。いつものことだけど先輩、これで足りるのかなー?」

首をひねりつつ、しっかりと買いこんだ自分の紙袋も持って、校舎四階の美術室に向かう。

なるべく急いで目的地にたどり着くと、日当たりのいい教室では、すでに目当ての人物がひとりでキャンバスに向き合っていた。

女性にしては高い、すらりとした長身に、ボーイッシュなショートヘア。

スカートの制服を着ていてもカッコいいその姿を、藍子はつかの間、うっとりと眺める。

(はぁ、今日も美しい……)

三年生の咲島七海《さきしまななみ》先輩は、藍子が所属する美術部の部長である。そして凜《りん》とした雰囲気《ふんいき》の美人でもあった。

藍子は美術部員として、この先輩の傍にいられることが幸せでたまらない。

「先輩、お昼買ってきました。これ……」

そっと近づいて購買の紙袋を差し出すと、七海は「あぁ」とうなずいて絵筆を置き、エプロンのポケットから小銭を出した。

「ごめんね、使い立てしちゃって」

「いいえ！　自分の分も買うので、ついでです」

「ありがと」

小さく手をふる藍子に礼を言った七海は、そこでふと笑みを浮かべた。

「そのバレッタ、手作り？　かわいいね」

「あ、ありがとうございます！」

大きな声で返し、藍子は自分の頭にそっとふれる。

（やった。褒《ほ》められた……っ）

手先の器用な藍子は、絵を描くのと同じくらい、アクセサリーを作るのも得意である。

「褒めてくれるの、先輩だけなんでうれしいです……」

照れながら言うと、彼女は手をのばし、そっと藍子のバレッタにふれてきた。

「ほんと？　もったいないなー。こんなにきれいにできてるのに」

ふふ、と笑う顔は、藍子の目には太陽のようにかがやいて見える。

（や、優しい……！　先輩、大好きですー！）

藍子は別段、同性愛者というわけではなかったが、七海のことが好きだった。

憧れが強すぎて、愛しているとしか言いようがないのだ。

何しろ七海は見た目がいいだけではない。

成績優秀な上、気さくながら細《こま》やかな人柄のおかげで人望も厚く、おまけにこれまで、
いくつもの絵画コンクールで入賞の経験がある。

まさに文武両道。天が二物も三物も与えた特別な人間なのだ。

（正直、そこらの男よりも断然カッコいいわもう！）

心の中で悶《もだ》えながら、藍子は紙袋からミックスサンドを取り出し、ビニールを取って七海の前に差し出した。

「先輩、せっかく買ってきたんだから食べてください」

押しつけるようにして渡すのには理由がある。

「最近よくお昼抜いてるでしょ？　身体《からだ》に悪いですよ」

「かもね。でも没頭してると、お腹空《す》かなくなっちゃうから……」

恥ずかしそうに笑い、七海はキャンバスに目を向ける。

彼女は制作途中の絵を人に見られることをきらうため、キャンバスもこちらからは見え

ない角度で置かれている。

しかしそこに、いずれみんなをあっと驚かせるような絵画が描かれているのはまちがいない。

（すごいなぁ……）

現在、七海は国内屈指の美大へ進学するために、全国的なコンクールへの出品を目指している。そこで入選することが大学推薦《すいせん》の条件とされているのだ。

だが七海であれば、金賞を獲《と》ってもおかしくないと周囲の誰もが考えている。

才能を持ち、まっすぐにその道を進む七海の姿は、平凡な藍子の目にただひたすらにまぶしく見えた。

（一生ついていきます、先輩！）

「藍子は？　絵、進んでるの？」

「あー、まぁ……ぼちぼち」

「集中してがんばろうね」

さりげなく背中を押してくる彼女に、曖昧《あいまい》に笑って返した。

藍子もまた、全国コンクールに出品を予定している。しかしどうせ応募総数を増やすことになるだけ。

そんなものよりも、今は七海の作品作りのほうがずっと大事だ。

そのためなら買い出しだろうが何だろうが、できる協力は惜しまない。

(先輩、絶対金賞を獲ってください――)

気づけば七海は、片手でサンドイッチを食べながらも、絵筆を手に取っていた。

そして藍子がいるのも忘れたかのように、無心にキャンバスに絵の具を重ねていく。

全国コンクールの金賞といえば、日本一ということ。

もしかしたら今目の前にいる、この人が、その名誉に輝くかもしれないのだ。

(カッコいいなぁ……。すごいなぁ……)

自分のために買ってきた特大メロンパンにかぶりつきつつ、藍子は、作品作りに没頭する七海の姿をうっとりと眺め続けた。

※

そんなある日、事件は起きた。

制作中だった七海の作品が、突然紛失してしまったのだ。

「そんな……っ」

放課後、部活に向かった際にその話を耳にして、藍子は言葉を失う。

美術室内はざわざわと落ち着かない様子だった。

同じ二年生の部員が耳打ちをしてくる。

「ほら、咲島先輩って制作中の絵を人に見られるのいやがって、みんなと違う場所に保管してたじゃない？　それがマズかったみたい」

「先輩の作品だけ、いつのまにかなくなってたんだって」

ひそひそとした仲間のささやきに、藍子はぼう然とした。

（そんな……。あんなに一生懸命描いてたのに……っ）

この二ヶ月の間、七海は昼休みと放課後のみならず、朝も早く来て作業を進めていた。

彼女にとっては将来のかかった大事な局面ということもあり、いつにも増して熱心に取り組んでいたというのに！

「先輩……」

当の七海は、いつもの毅然《きぜん》とした佇《たたず》まいが嘘のように、床にへたり込んで泣いている。

その姿は痛々しく、胸が締めつけられるようだった。

（ひどい！　なんでこんなことが――）

コンクールまではもう時間がないため、今から描き直すなど不可能。

もし作品が見つからなければ出品もならず、美大への入学も遠ざかってしまう。

（ううん。大学のことはともかく、絵が――）

肩をふるわせて泣く七海が気の毒でならなかった。

二ヶ月もの間、ありったけの情熱を注いできた作品が失われてしまうだなんて。

くやしい思いを嚙《か》みしめた藍子は、床に座り込む七海に歩み寄り、そっと両肩に手を置く。

「先輩、元気を出してください。絶対、絵を見つけてみせますから！」

「藍子……っ」

「立てますか？」

しゃくり上げる七海を立たせ、支えるようにして一緒に美術室を後にする。

洗面所で顔を洗ってもらおうと思ったのだが、七海の具合が悪そうだったため、藍子はそのまま彼女を保健室に連れて行った。

と、よほどショックだったのか、ベッドに横になったとたんに意識を失ってしまう。

「顔色も悪いし、念のため救急車を呼びましょうか」

てきぱきと職員室や病院への連絡を始める養護教諭にうながされ、名残《なごり》惜しい思いで七海の傍を離れかけた藍子の耳に、その時、小さくか細い声が届いた。

「ごめんね。……期待に添えなくて……」

うわ言だろう。

誰に向けてのものかはわからない。――もしかしたら、今彼女が抱えているプレッシャーそのものに対しての言葉なのかもしれない。

藍子の目に、じわっと涙が浮かんだ。

（こんなの、ひどすぎる！）

七海の夢は、ずっと応援してきた藍子の夢でもある。

無情にもそれが潰されようとしている現実を前にして、ぎゅっとこぶしをにぎりしめた。


「とにかく、七海先輩の作品を見つけましょう！」

美術室に戻った藍子は、部員達に向けてそう訴えた。

「絵が自然になくなるなんてあり得ません。誰かが盗んだに決まってます。咲島先輩を恨んでる誰かが！」

「誰かっていったって……」

藍子の剣幕に、部員達は困惑するように顔を見合わせる。

「咲島先輩が恨まれるとか、そっちのほうがあり得なくない？」

才能だけでなく、部長としての責任感と思いやりもある七海は、部員からの人望も厚かった。

誰かと対立していたなどという話も聞かない。

みんながとまどう中、女子部員のひとりが言った。

「木下《きのした》くんは？　この間、咲島先輩にフラれたんでしょ？」

「なっ、なんで俺なんだよ!?」

ぎょっとしたような木下に、他の男子部員が笑い出す。

「マジか!?　鏡見ろよ、木下〜！」

揶揄《やゆ》した男のひとりに向け、激昂《げっこう》した木下がわめいた。

「そういうおまえはどうなんだよ？　カノジョが咲島に惚《ほ》れたせいで破局したとか、グチグチ言ってたくせに」

「お、俺じゃねぇよ！　怪しいなら俺より山口《やまぐち》じゃん！　咲島のせいで美大の推薦枠《わく》危ないんだろ？　充分動機ある」

と、たちまち視線が山口に集まる。

小太りで大人しそうな顔の彼は、ムッとしたように応じた。

「僕は普通に受験するって決めて、もう予備校にも通ってる」

しかしひとりの女子部員が、険しい語調で追及する。

「それってなんの根拠にもならないよね。推薦が決まれば予備校通いからも卒業できるし」

「そのためにわざわざリスクを負うはずがないだろ。美大を目指してることが怪しいなら、おまえこそ」

「わ、私が何なのよ？」

心外そうに反論する女子部員に、山口は鼻を鳴らした。

「中学までは画才があるってさんざん騒がれてたのに、高校に上がってからは咲島にお株を奪われて、自分は鳴かず飛ばず」

「よけいなお世話よ！」

「推薦枠を争うレベルでもないのに、美大目指してがんばってるんだ。咲島にいやがらせしたいって考えても不思議はないだろ」

「このデブ！　スケッチブックに咲島さんの妄想ヌード描いてるくせに、好き勝手言ってんじゃないわよ！」

「人のこと言えんのか、ブス！」

ふたりの口論は次第に美術と関係のない罵《のの》り合いに発展し、藍子はイライラを募らせる。

(こんなことやってる場合じゃないのに……!)

そう感じたのは、藍子だけではなかったようで。


「いいかげんにしろ!!」


大声で一喝《いっかつ》したのは、新橋祐樹《しんばしゆうき》だった。

黒縁眼鏡《くろぶちめがね》をかけた、いかにもマジメそうな三年生で、美術部の副部長である。

味のある独特の画風は、地味ながらも一定のファンがつき、七海もその内のひとりだった。のみならず、彼女は大人びて落ち着いた性格の新橋に信頼を寄せている。

正直なところ、藍子は彼のことが好きではなかった。自分と七海の間に入ってくるものは、何であれ許せない。

その彼は、黒縁眼鏡を指で押し上げ、部員達を厳しい目で見まわす。

「犯人捜しは後でいい。今はみんなで手分けして、咲島の作品を見つけるんだ」

その鶴の一声に、逆らう者は誰もいなかった。

「まぁったく。どこ行っちゃったんだろうね〜」

美術部の同級生がぼやく。

結局、部員総出で探しまわったにもかかわらず、七海の作品は見つからなかった。

美術室の中どころか、教室のロッカーや、はては焼却炉まで探したというのに。

他の部員達もコンクールに出品する作品を作らなければならないため、そうそう時間を割《さ》くことはできない。

しかたがなくその日は解散となり、藍子はとぼとぼと帰路につくしかなかった。

そして一夜明けた今日も、同じクラスの美術部の仲間たちはその話で持ちきりである。

「でもさー、咲島先輩が恨まれてるなんてこと、あるのかな？　みんな、先輩には金賞を獲ってほしいって思ってたじゃん？」

腑《ふ》に落ちない様子で、しきりに首をかしげている。

「だよねぇ。うちの部から金賞が出たら、単純にうれしいもんね」

「そうそう。自分には無理だけど、咲島先輩ならってさぁ」

「金賞獲れるとしたら、咲島先輩しかいないし」

「……うん。そうだよね」

仲間達のおしゃべりに、藍子も力なくうなずいた。

普段から、誰よりも七海を慕《した》っている藍子を気づかってくれているのだろう。

しかし実際、七海が人から嫌われることなど、まずないと言っていい。

（口論してた先輩達だって、結局七海先輩の悪口は言わなかったし……）

たとえば部の集まりでお茶が足りなくなったとき、彼女は率先《そっせん》してコンビニに買いにいってくれた。

部員がふざけて美術室の備品を壊してしまったときも、一緒に先生に謝っていた。

目立っていても、決して天狗《てんぐ》にならず、周りへの気配りを忘れない人なのだ。

だからこそくやしい。

あんなにいい人が、どうしてこれほど理不尽な目に遭《あ》わなければならないのか。

「ところで先輩は大丈夫なの？」

友だちの問いに、藍子は小さく首を振る。

「昨日電話したら、先輩のお母さんが出て……しばらく入院するって……」

「えー、入院!?」

それもまた、藍子をがっかりさせる知らせだった。

七海のいない学校は味気ない。

「はぁ……」

　一日中しきりにため息をつき続けた、その日の放課後、藍子はとぼとぼと七海の入院している病院に向かった。

（まだ見つかっていませんなんて、言いたくないなぁ……）

　昨日、家族から聞いた話によると、七海の具合ははかばかしくないとのことだった。身体《からだ》よりも精神的な痛手が大きく、立ち直れないでいるらしい。

　渾身《こんしん》の絵を失っただけではない。おそらくは、同じ学校の誰かによる故意の妨害を受けたのだ。その心中は察してあまりある。

（ほんとに誰のしわざなんだろう――？）

　病院に到着し、ロビーに入っていったところ、ずらりと並んだベンチのひとつに見覚えのある顔を見つけた。

　七海が親しくしているクラスメイトである。

　ベンチに腰かけた彼女は深くうつむき、肩をふるわせていた。

（泣いている……？）

　近づいていって声をかけると、相手は案《あん》の定《じょう》、ボロボロと涙をこぼしながら顔を上げる。

「藍子ちゃん……っ」

「どうしたんですか？　具合でも——」

「七海が……！」

しゃくり上げながら、彼女は必死の声で続ける。

「七海が、さっき……自殺未遂《みすい》……っ」

「…………え？」

藍子は一気に全身の血の気が引いていくのを感じた。


（嘘でしょ!?　先輩……！）

病室に駆けつけると、七海のベッドの周りには看護師が三人もついていた。

「あの、すみません……！」

青ざめた顔で呼びかける藍子に、看護師のひとりが気づいて首を振る。

「お見舞い？　今はちょっと……」

「先輩は……先輩は——」

「もう大丈夫。ようやく落ち着いて眠ったところなの」

「……そうですか」

藍子はほっと息をつき、ベッドの上に横たわる七海に目をやった。

もともと細身のせいか、たった一日でひどくやつれて見える。

変わりように立ちつくす藍子を、年輩の看護師が連れだした。

「せっかくだけど、咲島さんはしばらく面会謝絶」

「あの……先輩が自殺未遂なんて……嘘ですよね？」

思わずすがりつくと、看護師は一緒に廊下《ろうか》のベンチに腰を下ろす。

「近くにいた人の話によると、さっき誰かが病室に来て、しばらくして咲島さんはパニック状態になったそうよ。近くにあった果物ナイフで手首を切ったの」

「誰かって……？」

「それが……みんな興奮した咲島さんに気を取られてて、相手はよく見てなかったらしいのよね。制服だったみたいだけど、男か女かもはっきりしなくて……」

「そうですか……」

看護師の答えに、藍子はがっかりした。

その目の前で看護師はポケットから紙くずのようなものを取り出す。

「それと、パニックになったとき、咲島さんはこれをにぎりしめてたわ」

「え？」

「咲島さんが興奮するんで、預かってたんだけど……」

紙くずは複数の破片に分かれていた。紙のように見えたそれは、どうやらキャンバス地のようだ。

(何だろ……?)

くしゃくしゃになったそれらをのばし、並べてつなぎあわせていくうち、藍子の顔から血の気が引いていく。

「これ……っ」

それは切り刻まれた絵画だった。

まだ作成途中のようで塗りが甘いものの、まちがいない。

(七海先輩の絵だ……!)

ボロボロになっていてもわかる。

キャンバスから見た、自分と美術室を描いているようだ。

今まで見たこともない斬新《ざんしん》な構図だった。大胆《だいたん》にして鮮やかな色づかいは、見慣れたはずの美術室をどこか幻想的に見せている。

こんな絵を描けるのは七海しかいない。

(だれが——)

切り刻まれたキャンバス地を見つめる目に、じわりと涙が浮かんだ。

「だれが……こんなひどいこと……!!」

一瞬で引いていった血が、今度は沸々と煮えていく。怒りの炎によって、頭が沸騰《ふっとう》しそうになる。

「許さない……！」

目がくらむほどの激情に嗚咽《おえつ》のこぼれた口元を、藍子は手でおおった。瞳からあふれ出した涙がその手に伝い落ちる。

(守らなきゃ。アタシが先輩を守らなきゃ……！)

ふくれ上がる怒気を無理やり呑《の》みくだし、藍子は頭を働かせた。

こんなことをする犯人に報いを与えるためには、どうすればいいのか――

眉根《まゆね》を寄せて考えていた藍子の脳裏《のうり》に、そのとき、ある記憶が甦《よみがえ》る。

(楓《かえで》が何か言ってた。何だっけ、あれ……？)

中学の時に仲良くしていた真野《まの》楓は、特殊犯罪や都市伝説の類《たぐい》の好きな、変わった子だった。

そして一時期、ある都市伝説に夢中になっていた。

都市伝説ではなくて実話なのだと、事あるごとに言っていた気がする。

殺し屋。どんな人間でも探し出して、殺してくれる。

（たしか――）

「……電話ボックスの殺し屋」

キャンバス地をにぎりしめる藍子の手に、力がこもった。


楓は都心の駅にほど近いマンションに住んでいる。

病院からの帰り道、藍子は彼女のマンションの前に立っていた。

ここに来るのは中学を卒業して以来。……こんなに早く、また会いに来るなんて思ってもみなかった。

「……早苗《さなえ》と彩香《あやか》に約束してたんだ」

藍子はうつむき、地面に向けてつぶやく。

「もう二度と『あの日』のこと――楓のことにはふれないって。でもわたしは今、どうしても犯人を殺してやりたい。楓に会って、殺し屋のことを詳しく聞きたい！」

くやしい気持ちを吐きだし、こぶしを握る。

七海のために何もできなかった。

彼女は死にたいと思い詰めるほどに傷ついているというのに、犯人はのうのうと生きている。

うまくいったことに満足し、何事もなかったかのようにふるまっているのだろう。

七海の人生をめちゃくちゃにしておきながら、そいつだけ幸せになるだなんて――

（ありえない!!）

藍子はキッと顔を上げ、楓の家があるマンションの窓を見上げた。

と、そのとき。

「おまえ……もしかして、太田《おおた》?」

知っている声に、藍子はハッとふり返る。

驚いたようにこちらを見ているのは、自分と同じ年頃の男子。きちんと制服を身につけた、清潔そうな様子以外にこれといった特徴はないが、垂れ目がちの、人の良さそうな顔である。

藍子は相手に見覚えがあることに気づき、ぽつりとつぶやいた。

「もしかして……藤村《ふじむら》君?」

藤村達樹《たつき》。同じ中学の同級生である。同窓会に来ていなかったため、会うのは卒業して以来だ。

楓の幼なじみで、気の弱い楓のことを兄妹のように気にかけていた。

その仲の良さから、つき合っていると噂《うわさ》されることもあったくらいだ。楓はただの幼なじみだと言い張っていたが、どうだろう？

（実際、今でも交流あるみたいだし……）

探るように見つめる藍子に向け、藤村はてらいなく笑いかけてきた。

「嬉しいよ。今でも楓のこと、忘れずに訪ねてきてくれるなんて」

藍子がここに来たことを、見舞いにきたと勘違いしているようだ。

純粋な笑顔に良心がちくちくと痛むのを感じながら、藍子は努めてさりげなく応じる。

「そりゃ……楓のことは気になってたし、……訊きたいこともあるし……」

しかし最後のひと言に、藤村の顔からすっと笑みが消えた。

代わりにさみしそうな苦笑が浮かぶ。

「……そうか。でも、たぶん会えないと思う」

「まだ……？」

主語をぼかしてそっと訊ねると、藤村は小さくうなずいた。

「俺も毎週来てるんだけど、一度も会えてなくて……」

楓は中学三年のある日から、突然部屋に引きこもるようになった。

藍子は卒業するまで、早苗や彩香と一緒に何度か会いに行ったものの、彼女が部屋から出てくることはなく、電話やメールも着信拒否をされ続けた。

彼女と直接連絡を取る手段は、今もない。

（楓……）

藍子はくちびるを噛《か》んだ。

自分はしかたがないと思う。早苗や、彩香や自分は、そうされても文句を言えない。

だが――

「藤村君まで……」

「ま、せっかく来たんだし。行ってみる？」

気を取り直すように言った後に、藤村が歩き出す。藍子もその横に並んでマンションに入っていった。

しかしあいにく楓の両親も留守にしているようで、何度インターホンを鳴らしても、誰も出てこない。もちろん楓と会うこともかなわず、藍子はがっかりと肩を落とした。

「今日は帰る。……また来るよ」

社交辞令を交えて言うと、藤村は「そうか」とうなずきながら、スクールバッグから封書を取り出し、マンションの玄関にある郵便ポストに入れる。

「なにそれ?」

「手紙。もしかしたらある日突然、出てくる気になるかもしれないだろ? そういう時のために、いちおう学校のこととか書いて、楓に渡してもらってるんだ。ま、おばさんの話じゃ全然反応ないらしいんだけど」

献身的な藤村の話に、藍子はひどくいたたまれない気分になった。

やはり、ここに来たのはまちがいだった。

そう思ってしまいそうになる自分に、首を振る。

(うぅん! 七海先輩のため。先輩の絵を台無しにしたヤツに思い知らせるため……!)

藍子は思いきって、横を歩く藤村をふり仰《あお》いだ。

「藤村君。『電話ボックスの殺し屋』って知ってる?」

「『電話ボックスの殺し屋』? ……あぁ、楓の好きな都市伝説だろ? くわしくは知らないけど」

「――――」

何か、ちょっとでも知ってることはない? ――そう訊ねようとした矢先、藤村のスマホが電話の着信を知らせる。

少し話した後に電話を切り、彼はすまなそうに言った。

「ごめん。バイト行かないと」

「あ、うん……」

「本当にまた来てくれよ。楓のために」

スマホをバッグに放り込みながら、藤村はさらりと言う。

その口調からは、ごく自然に彼女を気づかう思いが伝わってくる。

走って駅に向かう背中を見送りながら、藍子は楓のことが少しだけうらやましくなった。

※

事態に進展がないまま数日が過ぎ、全国コンクールの出品への締め切りが近づいてきた、ある日。

昼休みにぶらぶらしていた藍子は、エアクッションの束を抱えた美術部の顧問《こもん》に声をかけられた。

「悪い、太田。コンクールに送る作品の梱包《こんぽう》が途中なんだ。手伝ってくれないか？」

「はーい」

顧問を手伝って大量のエアクッションを運び込むと、美術室にはすでに部員たちが集まっている。

完成した作品を丁寧《ていねい》に梱包していく、その場の雰囲気《ふんいき》はどこか楽しげだった。

一生懸命描いた作品を公《おおやけ》の場に送るのだ。

どんな評価を受けるかはわからないものの、ワクワクする気持ちはよくわかる。

顧問からまかされた作品を手早く包んでいきながら、藍子は次第に気持ちが沈んでいくのを感じた。

「太田、これも頼む。……どうした？」

「いいえ。ただ……この中に七海先輩の作品がないなんてって、思っちゃって……」

「……あぁ。出品できれば、きっといい結果につながっただろうにな」

顧問も、ひどく残念そうに言う。

藍子は新しく受け取ったキャンバスに、エアクッションをかけた。

「返す返すも犯人のヤツめ――え……？」

機械的に作業をこなしていたその手が、ぴたりと止まる。

まん丸になるまで目を瞠《みは》り、藍子は顧問から渡された作品をまじまじと見つめた。

「……そんな……」

鼓動が一気に速まっていく。喉《のど》がごくりと音を立てる。

キャンバスから見た、自分と美術室。

タッチこそちがうものの、斬新な構図は見まちがえようがない。

（先輩の……あの絵にそっくり……！）

七海の自殺未遂《みすい》の原因になったという、無残なキャンバス地の破片を思い出した。

同時に、あのとき噛みしめた無念までがよみがえり、作品の木枠《きわく》をにぎる手に強い力がこもる。

（こいつ……!!）

それは副部長の新橋の作品だった。

（許さない……許さない！）

カッとなった藍子は、作業を放り出して美術室から出た。そのまま走って新橋の姿を探し、行きそうな場所をひとつひとつまわっていく。

相手はすぐに見つかった。図書室で本を読んでいたのだ。

藍子は、そこが静まりかえった図書室だということも、相手が先輩ということも忘れて、声を張り上げた。

「どういうつもり!?　なんであんなことしたの!?」

「――――っっ」

た。

突然の怒声に、新橋はおどろいたようにふり向く。

黒縁眼鏡《くろぶちめがね》の奥の瞳を見張り、座ったまま見上げてくる相手に、藍子は怒りをたたきつけた。

「七海先輩は、あんなに――あんなに、がんばって、描いてたのに……!」

腹が立ちすぎて声が詰まり、途切れ途切れになる。

「あの絵は七海先輩のものなのに!!」

ぽかんとしていた新橋は、ようやく藍子が何を言っているのか理解したようだ。

深々とため息をつき、眼鏡のフレームを指で押し上げた。

「咲島の腰巾着《こしぎんちゃく》のおまえに話すことは何もない」

うっとうしそうにそれだけ言い、本を手に立ち上がる。

盗作をしておきながら、その顔はどこまでもふてぶてしかった。

「ちょっと……!」

そのまま立ち去ろうとする相手の袖《そで》をつかんで止めると、彼は力まかせに振り払い、図書室から出て行ってしまう。

藍子の問いには何も答えずに。

「――……っっ」

にぎりしめたこぶしが白くなる。

気がつけば、ぶるぶると身体《からだ》が震えていた。

怒りすぎると人間、震えが走るのだと、身をもって知る。

許せない。

全身に力をこめて、藍子は心の中でくり返し叫び続ける。

（許せない――うぅん。絶っっっ対に許さない……!!）

鉄槌《てっつい》を下すための手段は、ひとつしか思い浮かばなかった。

※

『この町のどこかにある電話ボックスに待ち合わせ場所を貼っておくと、ボサボサの髪に黒いスーツを着た赤い目の男が現れて、人を殺してくれるんだって』

楓はそんなふうに言っていた気がする。

「これもちがう、かも……」

いくつ目になるか分からない電話ボックスを、藍子はがっかりして見つめた。

藁《わら》にもすがる思いで、殺し屋につながる手がかりがないか、ひとまず自分が思いつく限りの電話ボックスをまわっている最中である。

区民センターの裏手の電話ボックスは、人通りの少ない暗がりにあった。

ひと目見て怪しいと思い、隅から隅まで——しゃがみ込んで電話機の下まで調べてみた。

セロハンテープで留められたメモか、あるいは付箋《ふせん》でもいい。

なにかメッセージや連絡先のようなものが貼りつけられていれば——あるいは貼りつけた跡だけでもあれば、それが殺し屋の使う電話だと当たりをつけられるのだが……。

今のところ、それらしいものは見つけられなかった。

「いったいどこの電話ボックスに依頼すればいいのよ……？」

始めておいてなんだが、おそろしく無駄なことをしているような気がする。

そもそも『電話ボックスの殺し屋』が実在する保証もないのだし。

「やっぱりデタラメなのかなぁ……？」

ぼやきながら立ち上がり、地面についていた膝を手で払った。

頭に血が昇って思わず行動を起こしたものの、これではいつまでたっても復讐《ふくしゅう》など望めそうにない。

「……帰ろ」

そして何か別の手段を考えよう。

そう決めて、きびすを返しかけた——その瞬間、背後で聞き慣れない声が響いた。

「もしかして、僕にご用で？」

「…………………っ」

藍子はぎくりと足を止める。

（……え？）

ついさっきまで誰もいなかった。

電話ボックスを調べる際、何度も周りを確認したのだから、まちがいない。

おそるおそるふり向いたところで、さらに驚く。

ボサボサの髪に、黒いスーツ、そして——赤い目。

餌付《えづ》けでもしているのか、たくさんの猫を引き連れている。

猫はともかく、そのほかの点は楓の言っていた通り。

ずっと光の当たらない場所で生きてきたかのような、陰鬱《いんうつ》にして不気味な眼差《まなざ》しに見据えられ、思わず一歩下がった。

（『電話ボックスの殺し屋』……きっと、この人だ——）

藍子は相手の雰囲気に呑《の》まれながら、うわずった声で応じる。

「殺してほしい人がいるの……」

「……なるほど」

相手はのんびりとうなずいた。

ごく普通の反応に、少しだけ力が抜ける。

すると驚きに押しのけられていた、新橋への憤怒《ふんぬ》がたちまちよみがえってきた。

否《いな》――復讐《うわぜい》の手立てを目の前にして、いっそう燃え上がる。

藍子は上背のある相手を見上げ、決然と言う。

「お願い。先輩の人生をめちゃくちゃにした盗作クソ野郎を殺して!!」

血を吐くような思いでの訴えに、赤い目の男はニヤリと笑ってうなずいた。

※

翌日。

授業が終わるや、藍子は学校を飛びだして病院へ向かった。

七海の容態はだいぶ落ち着いており、二、三日前から面会も許されている。

昨日、電話ボックスの殺し屋――宇相吹《うそぶき》という男に殺人を依頼してしまった興奮から、

藍子は眠ることができなかった。

あの男はきちんとやってのけるのだろうか？

そういえば報酬《ほうしゅう》はどうなるのだろう？　映画やドラマでは、たいてい大金を支払うようだ。

まぁ自分が高校生であることは、あの男も分かっていたはずだし、そうそうふっかけられることもないだろうけど……

学校に行ってからも、藍子はずっと落ち着かない一日を過ごした。

昂揚《こうよう》しているような、イライラしているような、失敗したらどうしようという、わずかな不安もあるような……とにかくじっとしていられない気分。

そのうち、ふと七海のことが心配になった。

新橋の死の知らせは、ただでさえ体調をくずしている彼女に、よけいな負担になりはしないか。

（そうだ！　前もって言っておかないと……）

必要以上に動揺《どうよう》させないよう、新橋が盗作の犯人であったことを知らせておかなければ。

だから彼は死んで当然の人間なのだと、宇相吹が仕事をすませる前に、七海に話しておく必要がある。

放課後になると、藍子は病院へ急ぎ足で向かった。

すると――門をくぐって間もなく、藍子は知っている人間に出くわした。

他でもない、宇相吹である。

「え？」

黒いスーツにボサボサ頭の青年は、敷地内のベンチに座り、昨日と同じように周りに侍《はべ》らせた猫たちと遊んでいる。

藍子はそろそろと近づいていった。

「も、もう……終わったの？」

声をかけると、彼は猫の喉《のど》を撫《な》でながら、こちらを見ることもなく「いいえ」と答える。

「少々困ったことに、新橋君を殺しに学校に向かったところ、帰ってしまった後だったんですよ。……この病院に寄るって、美術部の同級生に言い残して」

「えっ!?」

絶句する藍子の目の前で、宇相吹はすっと顔を上げた。

「大丈夫かなぁ？　七海さん……」

不吉なほどに真っ赤な瞳と視線が重なった――そのとたん、藍子は激しい眩暈《めまい》に見舞われた。

一日中抱えていた、不安と怒りと興奮がない交ぜになったような、感情の塊《かたまり》がふくれ上がり、風船のように喉元に詰まって息ができなくなる。

「――……っ」

新橋が七海に会いにきた？　なぜ!?

（なぜって……決まってる――）

盗作について知っているのは、七海と藍子だけ。

ふたりがいなくなれば、新橋は大手をふってコンクールの評価を受けることができるのだ。

七海のアイディアを使ったあの見事な作品を、自分の才能だと断言して。

まっすぐに見つめてくる赤い瞳の中に、病室を訪ねていく新橋と、無防備に迎える七海の姿が見えた気がした。

「ま、まさか新橋のヤツ、七海先輩を……！」

焦るあまり頭がぐらぐらする。

荷物に忍ばせたカッターナイフで、新橋が七海に襲いかかる光景が脳裏《のうり》に浮かんだ。

血の色に染まった幻覚は、まるで目の前で起きていることのように鮮明だ。

自分勝手な理屈で人を踏みつけるだけではあきたらず。

（命まで――!?）

頭の中の新橋は薄笑いを浮かべ、倒れ伏す七海を見下ろしている。やがて血まみれのカッターをさらに振り上げる。

（先輩……!!）

病室に向けて一目散に走りながら、藍子は固く決意していた。

七海を救えるのは自分だけだ。

彼女を守ってみせる。

たとえ——どんな手を使ったとしても。


「先輩！　大丈夫ですか……!?」

息せき切った藍子が病室に駆け込むと、そこには新橋と、涙を流してふるえる七海がいた。

怯《おび》えるように身を縮める七海の前で、新橋はアイスピックをにぎりしめている。彼は、ふり返って藍子を見るなり眉《まゆ》を寄せる。

邪魔者が来たとばかりに。

（————……!!）

頭が真っ白になった。

殺さなきゃ。殺さなきゃ。殺さなきゃ。殺さなきゃ。殺さなきゃ。殺さなきゃ。殺さなきゃ。

でなければ七海がいなくなってしまう。

そんなのは……

いや。


「やめて!!」

ふいに耳元で七海の怒声が響き、藍子は我に返った。

七海が自分の右手にしがみついている。

尋常《じんじょう》でない力で、必死に押さえつけてくる。

「………先輩?」

ぽつりとつぶやくと、彼女はすがるような眼差しで見上げてきた。

「藍子……」

泣きながら自分をふり仰《あお》ぐ七海は、生きている。

「先輩、無事でよかった……！」

ほっとするあまり、藍子の目にも涙がにじむ。

間に合ってよかった。本当によかった。

……でもなぜだろう。彼女の頬《ほお》には、べっとりと血がついている。

そして彼女がしがみつく、自分の右手にも血がついている。――いや、血にまみれている。

ぬるりとした赤いものに染まった自分の右手から、ゴトン、と音をたてて何かが落ちた。

懐中電灯のようだ。

ステンレス製で、ずっしりとした重さのあるそれは血に染まり、柄の部分がひしゃげている。

藍子はぼんやりと周囲を見まわした。

新橋が倒れている。

頭から大量の血を流し、うつ伏せになっている。頭の形が変わっているのは、まぁ自業《じごう》自得《じとく》。

藍子はうなるようにつぶやいた。

「この盗作野郎……。よくも七海先輩を――先輩の、命がけの作品を……！」

報いを受けるのは当然だ。新橋はそれだけのことをしたのだから。

しかし、すっきりした気分でいる藍子に向け、七海が泣きながら首を振る。

「ちがうのよ、藍子。……ちがうの……っ」

弱々しく訴えてくる相手の肩をつかみ、ゆさぶる。

「先輩、もう大丈夫です。しっかりしてください」

彼女を傷つける者は取りのぞいたから。

だからもう何も心配することはないのだ。

「早くいつもの、カッコよくて、まぶしい先輩に戻ってください！」

「だから、ちがうのよ……！」

藍子のはげましにも、七海はショートカットの髪を揺らして頭を振るばかり。

泣きはらした瞳には、いっそう色濃い絶望が張りついている。

何か変だ。藍子はようやく気がついた。

「先輩……？」

「おやおや」

ふいに、揶揄《やゆ》するような声が入口から聞こえてくる。

「藍子さんが自ら殺してしまうとはね……」

横開きのドアを押さえるようにもたれかかり、腕組みをして言ったのは、宇相吹だった。

「……誰……？」

怪訝《けげん》そうに問う七海に、彼は肩をすくめてみせる。

「僕のことはお気になさらず……。それより七海さん、藍子さんにちゃぁんと説明してあげるといい」

ニヤニヤとこちらを見つめる男の赤い瞳に、藍子の胸がさわぎ出す。

「……説明って？　どういうことですか？」

ぽつりと訊ねると、七海は青ざめた顔で見上げてきた。

「あのね、藍子。……作品は盗まれたんじゃないの」

「……え？」

「わたしが盗んだの」

「は？？」

「プレッシャーだったのよ。みんな、わたしならコンクールで金賞を獲《と》って当然って顔で期待してきて……。大学も将来もそこにかかってるみたいに言われて……」

藍子の腕をにぎりしめ、彼女は苦しげに顔を歪めた。

「全国コンクールよ？　国内の才能ある人達が大勢参加するのよ？　その中で一番になる

のがどれだけ大変か……！」

「先輩――」

「考えれば考えるほど描けなくなった。何も思いつかなくて……ある日、新橋君が部室に置き忘れてたスケッチブックをのぞいてしまったの。……みんなは私を才能あるなんて言うけど、次々色んなアイディアを思いつく新橋君の方がすごいって……わたしはずっと思ってたから」

言葉を切った七海は、倒れ伏す新橋にちらりと目をやり、それから逃げるように視線を逸《そ》らした。

深くうつむき、嗚咽《おえつ》まじりの声をしぼりだす。

「……そのスケッチブックの中に、すごくインスピレーションを刺激する絵があって、……思わずそのアイディアを盗用してしまったの。わたしはいつも制作途中の絵を人に見せないから、コンクールに応募するまでバレないだろうと思った。でも……たまたま新橋君に見られてしまって……」

七海の盗用に気づき、新橋は激怒した。

それは彼自身もコンクールに出す作品に使おうと考えていた、渾身《こんしん》のアイディアだったのだ。

「切り刻んだ絵をたたきつけてきて、彼はわたしが盗作したことをみんなに伝えるって言ったわ。わたしは……そんなことをしたら死ぬって言い張って、口止めした……」

「じゃあ……あの自殺未遂《みすい》は――」

「……本気だったのか、狂言だったのか……自分でもわからない。でも、結果として新橋君はだまっててくれた」

七海の答えに、藍子はあ然とした。

そんなふうに脅《おど》され、新橋が本当のことを口にできたはずがない。

自分の発言がもとで、今度こそ本当に七海が死んでしまったらなんて考えたら。

なんて卑劣《ひれつ》な――

藍子は、自分の腕にしがみついたままの七海を見下ろす。

罪を告白して、ただ弱々しく泣くだけの女を。

（これは……誰？）

まるですべてを後悔《こうかい》しているかのよう。

でも……本当に後悔しているのなら、口止めなどするはずがない。

悪いことをしておきながら、さらにそれを告発しようとする人間を、自分の命を盾に脅して……なかったことにしようなんて考えるはずがない！

こんなの七海じゃない。

こんな情けない人、自分の憧れであるはずがない。

「卑怯者《ひきょうもの》……っ」

藍子は腕を大きく振り、突き飛ばすようにして七海を払いのけた。

勢いあまって尻もちをついた七海は、泣きながら言い返してくる。

「そういうあなたは人殺しじゃないの！」

彼女は涙でぐしゃぐしゃになった顔で藍子をにらんだ。

「新橋君は私を許してくれたのよ。それを言うために今日、ここに来てくれてたの。それを見て！」

強く言い、彼の手ににぎられているものを指さす。

その指先を追い、藍子はハッと目を瞠《みは》る。

「……そ……ん、な………」

新橋の遺体がにぎりしめていたのは、真新しい絵筆だった。

「私にそれを差し出して、絵を描くことをやめるなって……言ってくれたのよ――」

うちひしがれる七海の声に、ごくりとツバを飲みこむ。

（そんな――どうして……⁉）

さっきは確かにアイスピックだったのに。

いいや、アイスピックであるべきだ。でなければ、自分は何のために――

（……何のため？）

病院のベンチで会ったとき、宇相吹は言った。新橋が来ていると。そして七海の身を心配した。

だから……だから自分は――

七海が新橋にねらわれていると思い込んだ。

なのに今、七海は厳しい口調で藍子を責めてくる。

「どうして新橋君を殺したの？　どこまで私を追い詰めれば気がすむの？」

「先輩――」

「私をここまで追い詰めたのはあなたも同じよ。私を見るあなたの目――まっすぐに期待して、完璧《かんぺき》で当然って信じ込んでいる目が、私はずっと怖かった……！」

吐き出された本音に、彼女に対して抱いていた熱狂が、すうっと侮蔑に変わっていくのを感じた。

ずっと、こんな人間に憧れていただなんて。

「……サイテー」

冷ややかな気分で七海を見下ろしていると、宇相吹が笑いかけてくる。

「藍子さん、そこをどいてもらえますか？　おわかりでしょう？　僕のターゲットは新橋君じゃない。僕は『盗作クソ野郎《ななみさん》』を殺さないといけないんでね！」

「私を……殺す？　ど、どういうこと？？」

宇相吹の不穏な言葉に、七海がぎょっとしたように藍子を見上げてくる。

藍子は小さく笑った。

「……先輩の……バカ……」

床に落ちた懐中電灯をゆっくりと拾い、七海の頭に向けて、ひしゃげた柄をたたきつける。

ひどく疲れた気分で、何度も何度も振り下ろす。

光は消えた。

輝いていたはずの星は地に落ちて、泥にまみれた。

そして藍子に残ったのは、人殺しの大罪のみ。

それも勘違いだったなんて。

何の罪もない人を手にかけてしまったなんて。

(自業自得はわたし。死んで当然なのも……)

本物の罪人のために、無実の人を殺してしまった。バカみたいに逆上して、感情的になって。

救いようがないほど愚かで、凶悪な自分の取るべき道は——

ひとつしかない。

※

野次馬《やじうま》や看護師が集まり、大騒ぎしている病院の中庭を眺め、宇相吹は「ククク……」と喉《のど》の奥で笑う。

いましがた、少女がひとり、病室の窓から飛び降りたのだ。

少女が身を投げた病室にはあとふたつ、男女の遺体が転がっていることも宇相吹は知っている。

足下にまとわりついてきた猫を抱き上げてやりながら、彼はほほ笑みを浮かべた。

「愚かだね……人間は……」

※

杉並北署《すぎなみきた》刑事課の多田友樹《ただともき》は、事件の起きた病室に足を踏み入れるや、鼻を突く血の臭気に思わず顔をしかめた。

既に遺体は運び去られていたが、現場保全のため、血痕はそのままになっている。

鑑識が手際《てぎわ》よく写真を撮り、物証を集めていく中、一部始終を目撃していたという隣室の入院患者が連れてこられた。

初老の女性である患者は、ひどく青ざめた顔で口を開く。

「女の子が、お見舞いに来た男の子と、入院していた別の女の子を、その懐中電灯で滅多《めった》打《う》ちにしたんですよ。それで本人は飛び降りたんです。どうもケンカしてたみたいでしたが……もうほんと、尋常《じんじょう》でない様子で――」

にわかには信じられない証言に、多田は眉《まゆ》を寄せた。

「懐中電灯で？」

それほど異常な精神状態だったということだろう。

（だけど――）

子供の口論くらいで、そこまで我を失うものだろうか?

釈然としないものを感じ、多田はぐるりと現場を見まわす。

その前で、証言をしていた患者がしみじみとつぶやいた。

「でも一番尋常でないのは、あの男の人でした」

「男?」

「入口に立って、その光景をだまって見てたんですよ。黒ずくめの、ボサボサ頭の男でした」

とたん、多田は息を呑んだ。

「もしかして……赤い目の!?」

問い詰める剣幕に、患者はおどろいた様子で首を縦にふる。

「は、はい……っ」

(そういうことか——)

少女による異様な殺人の原因に思い至り、多田はぎり、と歯を食いしばった。

「宇相吹……!」

現場を出た多田は、次いで病院の地下にある安置室へと赴《おもむ》いた。

室内に並べられた遺体は五つ。どれも全身を覆《おお》うように白い布がかぶせられている。

どの遺体が殺害事件に関係するものなのか――係員から渡されたリストに目を通し、多田は思わず声を上げた。

「な、なんだこりゃ……っ」

リストを渡した、安置室の係員も困惑したようにうなずく。

「今日はおかしな日ですよ。さっきから、運ばれてくる遺体、運ばれてくる遺体、みんな同じ年なんですから……」

リストに並んだ五つの遺体は、すべて一七歳。

まるでそろえたように。

（偶然……なのか……？）

多田は先ほど病室でメモした名前を確認した。

殺された咲島七海、新橋達樹、そして投身自殺をした太田藍子。

リストには、あとふたつ名前が載っている。

（瑞原《みずはら》早苗、……前田《まえだ》彩香……）

五つ並んだ「十七歳」の文字を、多田はうそ寒い思いで見つめ続けた。

第四章　楓

中学三年生の頃、楓《かえで》はいつも三人の友だちと一緒に行動していた。

成績優秀でリーダー格の瑞原早苗《みずはらさなえ》。

絵を描くのが好きで、明るい性格の太田藍子《おおたあいこ》。

おとなしく、誰もが認める美人の前田彩香《まえだあやか》。

三人は楓を大事にしてくれたけれど、楓のほうは彼女達に漠然《ばくぜん》とした劣等感を抱いていた。

なぜなら楓には取り柄が何もない。

成績も、性格も、容姿も普通。

そう言うと、三人はいつも笑うのだった。

「何言ってんの？　楓は変なことといっぱい知っててておもしろいじゃん！」

彼女達の言う「変なこと」とは、つまり怪談や都市伝説、世界各国の犯罪などについてだ。

楓が好んで調べていたそれらの知識は、三人の子供っぽい好奇心を刺激するらしく、彼女達はよく話をねだってきた。

楓は気が弱い。

だからこそ、小さな頃から「こわい話」が好きだった。

身の毛もよだつホラーや、吐き気のするような犯罪といった恐怖に、日常的にふれて、自分を慣らしておくと安心できるのだ。

日々の暮らしの中で起きる恐いことなどたかが知れている。

何があっても、過去に起きた凄惨《せいさん》な事件や、映画の中の出来事よりは恐くない――と。

そう考えることで、少し強くなったような気分にもなれる。……あくまでそんな気がするというだけだけど。

早苗みたいに自信があるわけでも、気が強いわけでもない。

藍子みたいに無自覚な自分本位さも持ち合わせていない。

彩香みたいに、周りの庇護《ひご》欲《よく》をかき立てるような見た目でもない。

「こわい話」を通して不安に耐性をつけておくことは、楓なりの心の守り方でもあった。

中三になり、早苗と藍子が受験のストレスに神経を高ぶらせるようになってからは、特に。

「お待たせ～」

放課後のファストフード店で、楓はトレーを手に明るく声をかけた。

彩香とともに四人分の注文をすませ、早々に席についていた早苗と藍子の前にトレーを置く。

「のど渇《かわ》いた〜！」

まっさきに早苗が飲み物に手をのばした。

しかしストローに口をつけたとたん、顔をしかめる。

「やだ、楓。これソーダじゃん。わたし、コーラって言わなかった？」

「え？　ごめん、ソーダって聞こえた……」

「コーラって言ったよ！　どうすんの、これ」

「わ、わたしが飲む。あと、新しいの買ってくるね」

みるみる機嫌が悪くなっていく早苗の勢いに呑《の》まれ、楓はそそくさとレジに向かった。

まもなく冬休み。

高校受験の本番まで、あと二ヶ月にせまっている。

塾も学校も、家の中までも受験一色。勉強以外のことが許されず、常に競争を強《し》いられる毎日は、息が詰まってしかたがなかった。

進学校を目指す早苗や、学校見学で憧れの先輩を見つけたからと、身の丈以上の偏差値の高校を目指す藍子は、ことにぴりぴりしている。

コーラを買って席に戻っても、早苗はすぐには機嫌を直さなかった。ギスギスした空気の中、藍子は我関せずと参考書を読み、彩香は責める眼差《まなざ》しを向けてくる。

席に着いた楓は、肩身のせまい気分で自分のポテトをつまんだ。

そのとき、無言でハンバーガーを食べていた早苗が、窓ガラスの向こうを見て口を開く。

「うわ、きったなーい」

見れば、ひとりのホームレスが隣の飲食店のゴミ箱を漁《あさ》っているところだった。

「早く消えてくんないかな。ご飯がまずくなる」

嫌悪《けんお》に満ちた口調で吐き捨てる早苗に、楓は彼女の好きそうな話題を振る。

「あんまり知られてないけど、ホームレスへの襲撃事件ってわりと多いらしいよ」

「ほんと？」

案《あん》の定《じょう》、早苗はすぐに食いついてきた。

機嫌を取ろうと、楓は大きくうなずく。

「犯人が見つかってないケースもたくさんあるんだって。ああいう人達って、いなくなっても誰も探さないし」

「やりたくなる気持ち、すっごい分かるな～」

冷笑を浮かべて言う早苗に、いつの間にか参考書を閉じていた藍子が相づちをうった。

「わたし達がマジメに勉強して、社会に出て、苦労して稼《かせ》いだお金が税金に取られて、あいう人達への福祉《ふくし》に浪費されるんでしょ？　そんな世の中おかしくない？」

身を乗り出しての主張に、彩香がそつなく返す。

「人生から落ちこぼれちゃった人を、まっとうに生きてる人間が世話しなきゃならないなんて、納得いかないよね」

話題が盛り上がり始めたことにホッとして、楓も言い添えた。

「実際にホームレスを襲った犯人たちも、そう言ってる。『社会のゴミを始末して、きれいにしただけ』って。殺すとスッとするらしいよ」

「へぇ……スッとすんのかぁ」

ゴミ箱を漁り続けるホームレスを、早苗が冷たく見やった。

そして軽い口調でつけ足す。

「わたし達もやってみる？」

そのひと言に、一瞬、空気がひんやりとするのを感じた。

誰かがいやがれば、早苗は「冗談だよ」って言うだろう。

しかし。

「おもしろそう。でもそう簡単に死ぬかな～？」

藍子が、やはり冗談半分に返す。と、早苗はニヤリと笑った。

「ゲームっぽいね。ホームレスが死ななかったら、わたしたちの負け」

「やるとしたら、どうやって？」

「う～ん……」

早苗は少し思案した後、こちらをふり向く。

「楓、そういうのくわしいじゃん。何かいい殺し方みたいの知らない？」

「えっ。……ええと……」

予想外の問いに動揺《どうよう》していると、早苗と藍子がくすくすと笑った。

「やだ、マジに取らないでよ」

「やるとしたらの話に決まってんじゃん」

「仮にやるとして、犯人が絶対にバレないような殺し方ってないの？」

ふざけ半分の口調ながら、目は笑っていない。

今、興ざめなことを口にしたらただではすまないという――暗黙の圧力を、楓は感じた。

とまどいつつ、もそもそと答える。

「……致死性の薬物を、ご飯にまぜるとか……？」

「なるほど～。ホームレスなら、変な食べ物にも手をつけるだろうしね！」

それから早苗と藍子は、自分達の手に入る薬物がないかを話し始めた。

楓は彩香に助けを求める視線を送ったものの、困ったような、曖昧《あいまい》なほほ笑みが返ってくるばかり。

主体性のない彼女は、その場の空気に逆らうことができない。

その間にも、全部冗談ということにしながら、話はどんどん進んでいく。

そしてファストフード店を出るときには、みんなで「きもだめし」をすることが決まっていた。

別に本気で殺したいわけじゃない。

自分達は罠《わな》を張り、相手が引っかかるかどうかを見るだけだ。

必ずしも相手が死ぬとは限らないし、こちらに殺意はない。

誰がやったかなんて絶対バレるはずがない。だから平気。

そんな奇妙な理屈で、家がリフォーム業者を営《いとな》んでいる楓は、親の目を盗んで殺鼠剤《さっそざい》を持ち出すよう強要されたのだった。

そしてあの日――運命を変えてしまった、あの夜。

楓は言われた通り家から殺鼠剤を持ち出し、集合場所へと急いだ。

本当はこわかった。やりたくなかった。

もっと他の方法を考えればよかったと、死ぬほど後悔《こうかい》した。

でもやらなければ、自分は早苗たちからつまはじきにされ、卒業までひとりぼっちになる。――そうしたら、受験でイライラしているクラスメイト達にいじめられるかもしれない……。

それは考えるだに恐ろしいことで、楓は目先の逃げ道に進むより他になかった。


楓の持っていった殺鼠剤を、早苗があらかじめ用意していたコンビニ弁当の中に混ぜた。

藍子がそれを河原にあったホームレスのテントの中に置きに行き、人が来ないよう、彩香が見張りに立った。

四人はそのまま、近くの茂みに身を潜めてテントの様子をうかがう。

しかし。

ややあって、原付バイクの音が近づいてくるや――そしてそれが警察のものだと気づくや、きびすを返していっせいに逃げ出した。

自分達のしたことを自覚して急に恐くなり、結果を見届けることなく、一目散に走って家に帰ったのである。

そして一睡もできずに迎えた翌朝、学校に行くべく支度《したく》して家を出た楓は、ひとりで現場に向かった。

もちろん遠くから眺めただけだ。しかしそれで充分だった。

現場にはブルーシートが張られていた。

周囲にパトカーと人が集まり、騒然とした雰囲気《ふんいき》である。

ふと、野次馬《やじうま》を整理していた警察が、こちらに目を向けてきた——ような気がした。

とたん、楓は弾かれたように身をひるがえし、家に帰って自分の部屋のベッドの中に飛び込んだ。

おそるおそるスマホでニュースサイトをチェックしてみると……、外国で起きた大きな事故や、芸能人のスキャンダル情報ばかりで、ホームレスについての事件はのっていない。

しかし住所まで入力して検索したところ、小さなベタ記事に行き着いた。

××町の橋の下でホームレスの遺体が発見された——

たったそれだけの、簡素な記事だ。

しかし楓にはそれで充分だった。

(わたしのせいで——死んじゃった……!!!!)

何ということをしてしまったのだろう？

恐ろしさのあまり震えが止まらなかった。

後から後から涙があふれてくる。

自分には何の関係もない、自分の身に起きるはずがないと信じていた「こわい話」が、降って湧いたように目の前に立ち現れたのだ。

そして現実は、映画や、ネットで調べた過去のニュースなどとは、比べものにならないほど大きな恐怖となって襲いかかってきた。

楓にはそれと向き合うことなどできなかった。

よって恐怖そのものである現実を拒絶し、自分の内に閉じこもることを選んだのである。

※

そして二年後――

「楓？　……オレ。手紙、ここに置いておくから。……またな」

そんな声と共に、ドアの下から手紙が差し込まれてくる。

幼なじみの藤村達樹《ふじむらたつき》だ。

出席しないまま中学を卒業、高校受験もせずに自分の部屋に閉じこもっていた楓にとって、それは唯一の救いだった。

子供の頃から兄のように楓のことを気にかけてくれていた彼は、楓が引きこもってしまった後も、毎週訪ねてきては、外に出てくるようやわらかくうながしてくる。

「楓がその気になれば、高校からやり直せるよう、オレが何でも手伝う。何も心配いらないから、決心がついたらいつでも言えよ」

手紙には、自分の学校生活のことなどが書かれているらしい。

それを読んで、安心して、前向きになれと励《はげ》ましてくる。

彼らしい、ひかえめな思いやりに胸が熱くなった。

二年も現実から逃げ続けている自分を、いまだに見捨てずにいてくれる彼には感謝しかない。

否《いな》、感謝だけではない。

(でも言えない。……好き、なんて……)

その気持ちに気づいたのは、中学に入った頃。

それからずっと、ひそかに想い続けてきた。

毎週、彼が訪ねてきた気配を玄関で感じるたび、うれしさと心苦しさの両方に苛《さいな》まれる。

（わたしは……人を殺してしまったから……）

自分の犯した罪を思えば、藤村と顔を合わせることなどできるはずがない。

さらに、もし彼がそれを知ったらと思うと、楓まで死にたくなる。

バレるはずはないと思うが、それでも自分の罪を知っている人間が、少なくとも三人はいるのだ。

その内の誰かが自首しないなどと、どうして言い切れるだろう？

「はぁ……」

藤村からの手紙は、開けることができないまま山積みになっていた。

きっと学校での楽しい日常の様子が書かれているのだろう。

しかし楓は犯罪者だ。人殺しだ。

決して許されないのだ。

楽しい学校生活など二度と望むべくもない身で、手紙を読むのはつらすぎる。

「はぁ……」

早苗達はどうしているのだろう？

中学を卒業するまでは、電話やメールをよこしたり、三人で訪ねてきたりしていた。しかし楓が拒み続けていると、やがて音沙汰《おとさた》がなくなった。

彼女達も罪の意識に悩み、閉じこもっているのだろうか。

あるいは普通に暮らしながらも後ろ暗い思いを抱え、後悔に苛まれる日々を生きているのではないか——

そんなふうに考えていた、ある日。

めずらしく母親が、ドアの下からハガキを差し入れてきた。

なんだろう？　と思って拾ってみると、それは同窓会で撮った写真をポストカードにしたものだった。

中学のときの担任教師が送ってきたのだ。

写真には、少し成長したクラスメイト達が笑顔で写っている。それを眺めた楓は大きく目を瞠《みは》った。

(早苗……、藍子……、……彩香まで……っ)

あろうことか三人は、周りと同じ明るい笑顔を浮かべている。

裏には担任教師の字で、三ヶ月前に行われた同窓会で、三人に久しぶりに会った旨《むね》が書かれていた。

『瑞原さんは進学校でも優等生で、太田さんは美術部の憧れの先輩に可愛《かわい》がられてて、前田さんは大学生の彼氏ができて、楽しくやっているそうです。真野さんはどうしていますか？』

（どういうこと？）

ホームレスを死に追いやっておきながら、あの三人はまったく悪びれず、楽しく生きているというの？

後悔しているのは自分ひとり？

不安と罪の意識に押しつぶされそうになって、現実から取り残されているのは、楓だけ？

人殺しをしようと言い出したのは早苗と藍子だ。流されていただけとはいえ、彩香も同罪。

それなのに――

「ふざけるな!!!」

気がつけば大きな声で怒鳴っていた。

二年間、息を潜めるようにして暮らしてきた鬱屈《うっくつ》が、醜悪《しゅうあく》な現実に向けて爆発した瞬間だった。

『ホームレスって、なんで生きてるんだろ？　死ねばいいのに』

早苗の言葉が頭の中をめぐる。

ちがう。

（死ねばいいのは、ホームレスじゃない……！）

その夜、楓は二年ぶりに家の外に出た。

両親が寝静まってから、こっそりと抜け出し、暗い道を歩いて行く。

衰えた脚の筋力は、十分も歩かないうちに悲鳴を上げ始めたが、それでも進んだ。

フラフラになった足取りでたどり着いた先は、電話ボックス。

都市伝説として語られているものの、実際には伝説などではない——少なくとも楓はそう信じている、『電話ボックスの殺し屋』の窓口である。

（ここにメモを置いたら、本当にあの人を見たっていう情報が、ネットにはたくさんある）

その内の幾つかはデタラメかもしれない。だが嘘と決めつけるには詳細すぎる書き込みも多かった。

（お願い——お願いします……！）

バレていないから、法律で裁けないというのなら。
彼に裁いてほしい。
必死にそう祈りつづけた、数日後。
父が仕事、母がパートで家を留守にしている昼間の時間帯に、呼び鈴がなった。
ドアスコープで外をのぞいた楓の心臓が、どきりと鳴る。
まさか……！
鍵《かぎ》を開けるのももどかしくドアを押し開いた楓の目に映ったのは――
「ほ……本当に……来た……」
ボサボサの髪。黒いスーツを身につけた、赤い目の男。
噂《うわさ》の通りだ。
立ちつくす楓に、男はのんびりと声をかけてきた。
「真野楓さんですね。……ご依頼は？」
不吉に輝く赤い瞳がうながしてくる。
誰の不幸を望むのか。どんな地獄を見せたいのか。――期待を込めて見つめてくる。
それまでの楓なら、その眼差《まなざ》しに恐怖を感じていただろう。
しかし今はちがった。

楓は、その視線をまっすぐに受け止める。

「瑞原早苗、太田藍子、前田彩香……。人を殺しておきながら、今ものうのうと生きているクズ共をみんな殺して。……うぅん、ただ殺すだけじゃない。あの鈍感なバカ共に、人殺しの恐ろしさを、しっかりと味わわせてから殺してやって！」

腹の底からしぼり出すような声は、どす黒い怒りに満ちている。

自分でも引いてしまうほど怨念《おんねん》のこもった訴えに、その男は——宇相吹《うそぶき》は、にやりとくちびるの端を持ち上げた。

※

「ご要望の通り、三人は今、あの病院の遺体安置室に骸《むくろ》となって並んでいます。それぞれ自分が殺人を犯してしまった苦しみに耐えかね、自ら命を捨てました……」

「ふぅん」

依頼から数週間後。

楓は宇相吹の報告に気のない返事をした。

病院の隣に位置するショッピングセンターのテラスである。先ほど宇相吹から呼び出されたのだ。

三階相当の高さがあるテラスからは、病院の敷地内をあますところなく見渡すことができる。

車寄せに停められた複数の警察車輌《しゃりょう》も、忙しげに行き交う警察官や刑事達も。

楓はそれを、手すりにもたれながら白けた気分で眺めた。

依頼を受けた宇相吹は、楓が中学生の頃、三人にくり返し『電話ボックスの殺し屋』について話していたことを耳にして、それを利用することを思いついたという。

三人をつぶさに観察し、彼女達がそれぞれに抱える問題に気づくと、自分を頼りたくなる頃合いを見計らって姿を現し、手を差しのべたらしい。

すべては楓からの依頼を遂行《すいこう》するために。

ほんの数週間で結果を出してしまった相手を、楓は少しだけ疑いをこめて見上げた。

「三人に人殺しをさせてから自殺させるなんてことが、こんなにすんなりいくなんて……。どんな手を使ったの？」

「思い込みですよ」

「思い込み？」

「彼女達は自分の抱く不安から生まれた、『こうなるにちがいない』という思い込みに負けたのです。僕は、ちょっと背中を押しただけ」

「思い込みだけで——そんなことが可能なの……？」

「ええ」

宇相吹は、病院を眺めたままちらりと笑う。

「人間は一度思い込んだら、その呪縛《じゅばく》から逃れることはできません。真実なんてものは二の次なんですよ」

楓はフンと鼻を鳴らした。

「短絡的なバカばっかりだったから」

二年前とはちがう。

自分のせいで早苗達が死んでしまったと知っても、楓はふるえても、悲しんでもいなかった。

どうせ自分は人殺しなのだ。一人も二人も三人も変わらない。

そもそも人を殺しておきながら、それを隠して生きている犯罪者に引導を渡したのだから、これは正義と言ってもいい。

そう。『社会のゴミを始末して、きれいにしただけ』。

「これですべて終わったのね……」

手すりにもたれて病院を遠くに眺め、楓は物憂《ものう》くつぶやいた。

何も感じない。やり遂げたという思いもなければ、後悔《こうかい》もない。

この二年間を思うと何もかもが虚《むな》しく、早く忘れてしまいたいだけ。

彼女たちのように、これからは過去を忘れ、自分本位に前に進んでいこう。

まずは藤村に謝って、礼を言って、それから――

手に入れた未来に思いを馳《は》せていた楓の目の前で、宇相吹がフッとくちびるをほころばせた。

「いいえ……。それが実は、まだ終わってないんですよねぇ……」

「は？」

意味ありげなつぶやきに片眉《かたまゆ》を上げる。

宇相吹は、赤い目をゆらりとこちらに向けてきた。

「ホームレスが死んだ当時は、年の瀬ということもあって色んなニュースが目白押しでしたから、ホームレスの死亡に関するニュースはほとんど報道されませんでした。だからあなたも事件の詳細を知らないでしょう？　ということで……、これどうぞ」

そう言いながら、彼は小脇にはさんでいた、書類サイズの茶封筒を差し出してくる。

「これは？」

「警察の検視報告書です。手に入れるの、大変だったんですよ?」

(検視報告書?)

なぜそんなものを、わざわざ見せるのだろう……?

いぶかしく思いながら、封筒の中から書類を引っ張り出した。

中身に目を通し始めて間もなく、楓は大きく目を見張る。

検視報告書

被害者　嘉納健次郎《かのうけんじろう》(55)男性

死因　頭部打撲による失血死

(…………は?)

「そんな……、待って……」

混乱した頭で必死に考える。

「あのホームレスは……わたし達の……殺鼠剤《さっそざい》入りのお弁当を食べて死んだんじゃ……ないの?」

すがるように見つめる楓に向け、宇相吹は仄暗《ほのぐら》い微笑を浮かべた。

「どうやらちがうみたいですねぇ」

そしてスーツの胸ポケットから、一通の封書を取り出す。

「それ……」

飾り気のない封書には見覚えがあった。

自分の部屋の机の上に山積みになっているものの多くが、その封筒に入っていたから。

予想に違《たが》わず、宇相吹はうなずいて言った。

「それ、どうやって手に入れたの……？」

「あなたをここに呼び出した後、留守になった家に忍び込んで拝借しました」

悪びれもせず言い放ち、宇相吹はつまんだ封書をゆらゆらとひらめかせた。

「これは藤村くんが、あなたに書いた手紙。——その最初の一通です」

※

中学三年の冬——あと少しで冬休みになる日、藤村達樹は塾の帰りに電車の遅延に巻き込まれ、夜遅くなって、ようやく家の最寄《もよ》り駅に着いた。
いつもの帰路を歩いて楓のマンションの前を通りがかったところ、階段から降りてきた彼女が自転車置き場に向かうのを、たまたま目撃した。

(こんな時間に……?)

上の階を見上げて確認すると、楓の家の明かりはすでに消えている。

周囲を気にするような仕草から察するに、親に内緒で出てきたのだろう。

何かをカゴに入れるや、楓はそそくさと自転車に乗って出て行ってしまった。

(あいつ、何やってるんだ……!?)

小さい頃から妹のように思い、最近では互いに意識し合っていると感じる、大切な幼じみである。

深夜にひとりで出かけていくのを見て、放っておけるはずがなかった。

藤村はあわてて自転車の後を追いかけたものの、すぐに見失ってしまった。

電話をかけてみたが、電源を切っているらしく、つながらない。

(いったい何が……)

最近、楓は受験や友人関係でストレスを抱えているようで、藤村といるときも暗い顔でいることが多かった。

受験が終われば元通りになるだろう。

そんなふうに軽く考えていたが、もしかしたら、自分が思っているよりも深刻な問題があるのかもしれない――

いやな予感に突き動かされ、藤村は駅のほうへ戻ると、楓の行きそうなところを探した。

コンビニ、ファストフード店、カラオケ……とまわった後、学校に足を向ける。

その途中、通学路の河川敷付近で、楓と親しい太田藍子と前田彩香を見かけた。

ホームレスのものと思《おぼ》しきテントから出てきたふたりは、小走りで近くの茂みに向かう。

（もしかして……）

そちらに近づいていった藤村は、茂みの影に、あとふたり――瑞原早苗と楓がいることに気がついた。

四人は茂みの影に身を潜め、テントの様子をうかがっている。

その時の楓の顔は、事情の分からない藤村から見ても、死にそうなほど思い詰めた表情だった。

（楓――）

声をかけあぐねて見守っていると、たまたまパトロールしていた警察の原付バイクが、河川敷を通りがかる。

近づいてくるエンジン音に、藤村はとっさに自動販売機の陰に身を隠す。

と、ほぼ同時に楓たち四人は、蜘蛛《くも》の子を散らすように逃げ出した。

幸い、全員見つからずにすんだようだったが――彼女たちの必死の形相《ぎょうそう》に、藤村はただならぬものを感じた。

（いったい……何を――）

あのホームレスのテントの中に何があるというのだろう？

楓の表情を思い出し、藤村はひどくいやな予感がした。

自分も逃げ出したい……という思いを押し殺し、藤村はテントに近づき、おそるおそる中をのぞく。

せまいながら、そこはきちんと整理された茶の間のような空間だった。

ひどく古びた小さなちゃぶ台がひとつ、真ん中に置かれている。

そしてその上に――

「あれは……」

ちゃぶ台にはコンビニ弁当が置かれていた。

ビニールが取り外されているということは、誰かが一度開けたのだろう。しかし中身はすべて残っている。

（太田と前田はこれをここに置いた……？）

不審に思った藤村は、キーホルダーについている小さなライトでコンビニ弁当を照らし、よく見てみた。

自分もたまに買う、駅前のコンビニの幕の内弁当である。

白米、ウィンナー、厚焼きタマゴ、鮭の切り身――そして肉団子。

(肉団子……?)

記憶ちがいでなければ、そこにはミニコロッケが入っていたはずだ。

肉団子を明かりで照らした藤村は、その正体をすぐに察した。

以前、楓の家に行ったときに見せてもらったことがある。

そのとき彼女は言っていた。

『殺鼠剤って、ネズミを引き寄せるために、食べ物に似せて作られてるの』

一見すると肉団子にしか見えない。しかしネズミを駆除《くじょ》するための猛毒だから、使用には気をつけなければならない。まちがっても子供が口に入れないよう――

「――……」

楓の言葉が頭の中でぐるぐるまわる。

冷たい汗が背筋を伝う。

ごくりとツバを飲み込んだ、そのとき、突然ガッ!　と強い衝撃が肩を襲った。

「――!?」

ふり返ると、そこには金属バットを持ったホームレスが立っていた。

「てめぇ！　オレのテントで何してやがる!!」

威勢はいいが、顔が赤く、足はふらついている。酔っているようだ。

藤村は肩を押さえてうめいた。

「待っ、お……オレは、何も……っ」

「嘘つきやがれ！　むしゃくしゃして、ホームレスでも殴《なぐ》ってすっきりしようって腹だろうが！　こっちはそういう手合いにゃ慣れてんだ！」

「ちがう！　オレは……！」

「ガキが舐《な》めやがって！」

ヒステリックにどなると、ホームレスはふたたび金属バットを振り下ろしてくる。

藤村はそれをとっさに避けた。ねらいを外したバットは、大きな音を立ててちゃぶ台をたたき壊す。

その勢いにゾッとした。

（ほ、本気だ――）

しかし凍りつく藤村の前で、相手は身体《からだ》をふらつかせる。

酩酊《めいてい》し、思い通りに動けないでいるらしい。

そう気づくや、無我夢中でそのバットに飛びついた。

そのまま相手から金属バットを奪い、目をつぶって、渾身《こんしん》の勢いで振りまわす。

くり返し振りまわすうち、二度、三度と鈍い衝撃が伝わってきた。

ややあって目を開けると、相手は倒れていた。

ハァハァという自分の息づかいが、やけに大きく聞こえる。

「…………ウソ、だろ……」

相手はピクリとも動かない。

藤村は、横たわる身体に向け、のろのろと手をのばした。

こういうとき、たとえ望まぬ結末が待ち受けていると分かっていても、はっきりさせずにいられないのが、藤村の性分だ。

首筋にふれようとして、自分が手袋をしていることに気づいた。

手袋を外し、改めて指先で首筋にふれる。

（脈が……ない……）

目の前が真っ暗になった。

動揺《どうよう》に混乱しながらも、袖《そで》を使ってホームレスの首筋をぬぐう。そしてコンビニ弁当に手をのばし、肉団子をつかんで外に出た。

それを力いっぱい川に投げ捨ててから、ざっと周囲を見まわしたが、人気《ひとけ》はないようだ。

藤村は走り出し、全速力で河川敷から離れた。

そんなことをしたところで、人を殺した現実からは逃げられないと、わかってはいても——


翌日、楓は学校を休んでいた。

教室の中は、近所の河川敷で殺人事件が起きたという話で持ちきりだった。

「ホームレスが殴り殺されてたんだってさ！」

野次馬《やじうま》をしてきたという生徒が、得意になって声高に語っていた。

それを耳にして、藤村は生きた心地がしなかった。

手袋をしていたので、金属バットに指紋は残っていないはず。

ホームレスにふれた部分の指紋もぬぐってある。

そう考えても、藤村の不安は晴れなかった。

そんな中、教室にいた瑞原と太田、前田の三人が、示し合わせるようにして教室を出て行く。

気になって後をつけていくと、三人は人目を避けるように屋上へ続く階段の踊り場に行き、その場にへたり込んでいた。

「『お弁当』を食べて死んだわけじゃ……ないみたいね」

瑞原の言葉に、前田は手で顔をおおい、泣きだしたようだ。

「よかったぁ……」

太田が言う。

「楓に伝えないと。あの子きっと勘違いしてる」

「うん……。教えてあげないと……っ」

嗚咽《おえつ》をこぼす前田に向けて、瑞原も神妙にうなずいた。

「帰りにみんなで楓の家に行こう」

※

「――――というわけでして……」

藤村からの手紙を読み終えた楓に、宇相吹はのんびりと告げた。

「どうも彼女達は、何度訪ねてもあなたに会ってもらえなかったために、ホームレスの死因について伝えることをあきらめ、二度とあの事件についてはふれずに生きていこうと約束したようです」

「…………………」

手紙を持った手がふるえる。何度字面《じづら》を追っても内容は変わらなかった。

「……まさか……」

ぼう然とうめくより他にない。

まさか——ホームレスを殺したのが、自分たちではなかっただなんて。

自分を心配して追いかけてきてくれた、藤村が真犯人だなんて。

おまけにそれが、ほぼ事故のような出来事だったなんて……！

（達樹……!!）

何ということをしてしまったのだろう、自分は。

この二年間で、もっとも大きな後悔《こうかい》に襲われる。

「わ、……わたしがこの手紙を読んでいれば……。ううん、……みんなと、ちゃんと話をしていれば……」

やみくもに恐怖から逃げたりせず、現実と向き合おうと——少しでも勇気を出していれば、事態がここまでこじれることもなかっただろうに。

（全部、全部、わたしの勘違いだったなんて……！）

「……そんな……まさか……」

衝撃と絶望のあまり、へなへなと座り込んでしまう。

青ざめて放心する楓の前で、宇相吹もまたしゃがんで地面に片膝をついた。

いつの間にか、彼の足下には猫がたくさん集まっている。

周りの猫をなでながら、彼は赤い目で楓を見据えた。

「……と、いうことで……お気づきですよね？　つまりあなたの依頼は、まだ終わっていませんよ」

「……え？」

「そう、ホームレス殺しに荷担した『クズ』はもう一人。――藤村くんも僕のターゲットなんです！」

猫を抱き上げ、晴れやかに言ってのけた男の瞳が禍々《まがまが》しく輝く。

楓はふるえる声で訊ねた。

「……何を……したの……？」

「特別なことは何も。ただ――この手紙を、あなたのお母さんにも見せただけです」

「――……っっ」

腰の力の抜けてしまった身体を叱咤《しった》して、楓は何とか立ち上がる。そしておぼつかない足取りで歩き出した。

（達樹……、お母さん――……）

心の中で彼らの顔を思い浮かべると、ふらついていた足の運びが、しっかりしたものになっていく。

（わたしのせいだ。……だから、わたしが何とかしないと……！）

もうこれ以上の後悔はしたくない――

祈るように心の中でつぶやいた瞬間、長いこと使わずにいた足の筋肉が痙攣《けいれん》し、楓は転んでしまった。

それでも立ち上がる。

（お願い。間に合って！）

その一念で、楓は萎《な》えきっていた足を必死に動かし、脇目もふらずに家に向かった。

※

『楓の姿が見えないの……。達樹くん、ちょっと家に来てくれないかしら？』

楓の母親から電話があったのは、学校が終わり、バイトに向かおうとしていた頃合いだった。

「えっ、楓が部屋を出たんですか!?」

スマホを耳に当てたまま、藤村は絶句する。

二年もの間、ずっと部屋に引きこもっていた幼なじみに、どんな変化があったのだろう?

『事件』についての心配もある。

急いでバイト先に病欠の連絡をした後、藤村は楓の家に向かった。

「楓がいないって、本当ですか?」

到着するなりそう訊ねると、楓の母の律子《りつこ》は「そうなのよ……」と心配そうにうなずき、娘の部屋へと藤村を案内する。

「わたしも、仕事から帰ってきて気がついて……」

「……本当だ」

通い慣れた部屋の前に立ち、藤村は思わずつぶやいた。

二年間、固く閉ざされていたドアが開いている。

遠慮《えんりょ》がちに中をのぞくと、暖色の家具や小物でまとめられたシンプルな部屋は、きれいに片付けられていた。

しかしフローリングの床には、これまで自分が送った大量の手紙が散らばっている。

それらはすべて、乱暴に開封されていた。

「…………………」

藤村はごくりと息を呑《の》む。

その背後で律子が淡々と言った。

「手紙は、わたしがさっき開けたの。あの子は読んでないわ」

「……え？」

「パートの仕事をしていたら、急に家から電話がかかってきてね。『娘さんがいなくなってますよ』って言ったの。びっくりして急いで帰ってきたら、知らない男の人が家の中にいて、一通の手紙を見せてくれたの。あなたが楓に送った、最初の手紙よ」

低い声で話しながら、律子はじっとりとした眼差《まなざ》しで見つめてくる。

藤村の鼓動が速くなった。

「最初の――」

「楓がああなったのは、あなたのせいだったのね。達樹くん。あなたがホームレスを殺したりしたから……」

「それは……」

言葉に詰まる。

律子の言うことは真実だ。藤村がホームレスを殺してしまったために、楓は自分が殺人に手を染めたと誤解し、現実を拒《こば》んで閉じこもってしまった。

だが——

（オレは、それを楓に伝えようとした！）

彼女のためではなかった。自分のためだ。

事故とはいえ人を殺《あや》めてしまった罪の重さに耐えかね、藤村はあの手紙を楓に書いた。

しかし——時間がたつにつれて、そのことを激しく後悔したのも事実だった。

あの手紙を読んだ楓が、それを周りに話したらどうしよう？

あるいは警察に持ち込んだら？

自分は終わりだ。

事故とはいえ、人の命を奪ったのだ。ただではすまないだろう。

だいたい、用もないのにホームレスのテントに入っておきながら、事故だったと言って信じてもらえるものか……。

そう気がついた藤村は、毎週楓のもとを訪ね、様子をうかがった。

自分のところに警察がやってくる気配はなかったため、彼女が手紙を読んでいないことは予想がついた。彼女の心理的な状態から、とてもそんな気になれないのかもしれないということも。

（だが――）

だからといって安心はできない。

ふいに彼女の気が変わり、その手紙を開けてしまわないとも限らない。

どうすれば彼女に手紙の存在を忘れさせることができるか……。

そこで思いついたのが、他の手紙をくり返し送り続けるという方法だった。

木を隠すなら森の中。

大量の手紙に埋もれさせてしまえば、特別最初の手紙を手に取ることもなくなるにちがいない。

その思いつきは功を奏したようで、計画はうまくいっていた。――今日、このときまでは。

藤村を見る律子の目は、らんらんと輝いている。

異様な光に、藤村は立ちつくすより他になかった。

出口をふさぐように立った彼女は、地を這《は》うような声で恨めしげに続ける。

「……あの子が閉じこもるようになって、マンションの人達からは口さがなく噂《うわさ》されるし、親戚《しんせき》や夫は私ばっかり責めてくるし、さんざんだったのよ。家を出て行こうかって、何度も考えたわ……」

空《から》っぽの娘の部屋を見やり、律子は悲痛な声を張り上げた。

「もう何もかも終わりよ！　楓は罪の重さに耐えかねて死んでしまうつもりにちがいないわ。自殺しに行ったのよ！」

極端な物言いに、藤村は首をふる。

「そんなはずない！　楓は何もしてないんだから……。彼女は殺してないんです！」

「殺したのよ!!」

律子の怒声は、家中どころか、マンション中に響き渡るほどだった。

藤村はその迫力に呑まれてしまう。

「え……？」

ぼんやりと訊き返すと、彼女はくちびるを嚙《か》みしめた。

「……誤解したまま、あの子は友だちを殺すよう、あの男に依頼をしたんですって。そしてあの男は早苗ちゃんたちを死なせたと言っていたわ。あの子は……本物の人殺しになってしまった……！」

「瑞原たちを……？　ウソだろ……」

首を振りながら、藤村は足下がくずれ落ちていくような衝撃に耐えた。

嘘だ。楓が瑞原たちを死なせたなんて、嘘に決まっている。

底意地の悪い誰かが、楓がいなくなってパニックになっていた律子に、タチの悪い冗談を言ったのだ。

（でも誰が――？）

楓の過去の事情も、人間関係も把握《はあく》していて、楓の部屋から的確に藤村の告白の手紙を持ち出せる人間など、いったいどこにいたというのか――

混乱の中でしきりに頭を働かせていると、目の前にいた律子が動く。

彼女はキッチンカウンターの上に置きっ放しになっていた包丁の柄をにぎりしめ、ゆっくりとそれを持ち上げた。

「もう耐えられない……。また私が責められるんだわ。娘を犯罪者に育てて、死なせた母親だって！　みんなが白い目で私を見て、指をさしてくるのよ！　人殺しの親だって……！」

「そんなこと――」

「わかるのよ！　……あの赤い目を見たときに、未来が見えてしまったの!!」

「……赤い、目……!?」

その瞬間、藤村の脳裏《のうり》でひらめくものがあった。

『この町のどこかにある電話ボックスに待ち合わせ場所を貼っておくと、ボサボサの髪に黒いスーツを着た赤い目の男が現れて、人を殺してくれるんだって』

楓がよく口にしていた、あの都市伝説。

『電話ボックスの殺し屋』

（まさか……！）

とうてい現実的とは思えない。瞳の中に自分の未来が見えるなど。

しかし、律子がそう思い込んでいることだけは伝わってきた。

理性を手放した昏《くら》い眼差しが、鬱々《うつうつ》と見つめてくる。

両手でにぎりしめた包丁の切っ先をこちらに向け、彼女は一歩ずつ近づいてくる。

「あなたが死ねば、真実を知る者が全員いなくなる……」

「おばさん……」

背中を壁に張りつけたまま、藤村は動くことができなかった。

無我夢中で抵抗して、ホームレスを死なせてしまった過去が心を縛《しば》り、動けなくさせる。

次の瞬間、無防備に壁にへばりつく藤村に向け、律子は奇声を発しながら体当たりをしてくる——

　律子が赤い瞳の呪縛《じゅばく》から解放されたのは、瞳よりもなお赤く染まる己の手に気がついてからのことであった。

終章

翌日、藤村達樹《ふじむらたつき》のクラスは騒然としていた。

昨夜のニュース番組で、彼が中学の頃の同級生の母親に包丁で刺し殺されたという事件が報道された。

それ以降、クラスメイトが利用するあらゆるSNS上では、蜂《はち》の巣をつついたような大騒ぎが続いているのだ。

それは今朝になっても、少しも落ち着く気配がなかった。

「普通にいいヤツだったのにな～」

「あれでしょ。殺したほうに問題があるんでしょ？　真野楓《まのかえで》の母親とかってさぁ」

「娘は受験ノイローゼで引きこもってたんだって？」

「あたし同じ中学だったから知ってる。その子と藤村くん、すごい仲良かったんだよ。真野さんが引きこもってからも、ずっとお見舞いに行ってたらしいし……」

「その親切が仇《あだ》になっちゃったんだね。ちょー気の毒」

「おはよー！　ねぇ、現場のマンションの人に聞いたんだけどさ、娘も、刺した母親も、両方ともショックで口がきけなくなって放心状態だって。病院に入れられるみたいだよ」

「うわ。悲惨《ひさん》ー……」

「や、いちばん悲惨なのは藤村くんでしょ」

身近で起きた大きな事件に、興奮ぎみのクラスメイトたちを横目に、ひとりの少女が窓の外を眺めるフリで思案していた。

引きこもりの女の子と、見舞いに行っていた藤村。

（その二人の間で何かがあるならともかく、母親と彼の間にトラブルなんて、どう考えても不自然でしょうが……）

誰にともなくつぶやきながら、気分はどうしようもなく高まっている。

実は昨日、まさに事件が起きたとされる時間帯の前に、件《くだん》のマンションの前を通りがかり、そして見たのである。――ボサボサ頭に、黒いスーツを着た男を！

一瞬のことだったので、目の色までは確認できなかったが――

（まちがいない……。この事件、きっとあの人のせいにちがいない……！）

クラスメイトたちとはちがう興奮に胸をふくらませて午前中を過ごし、昼休みになると、少女はさっさと教室を出た。

その背中で、中学の頃から仲良くしていたグループの、くすくすと笑う声が響く。

イラッとする自分をなだめ、人気《ひとけ》のない非常階段に足を向けた。最近、昼休みはいつもその踊り場で時間をつぶしている。

しかし――

である。


「あっれぇ？　先客？」

自分の指定席であるそこに、今日はすでに別の人影があった。壁によりかかるようにして座り、本を読んでいるのは、見たことのない地味顔の女子で
声をかけた自分を、おどおどと見上げる様子から害はないと判断し、その日は互いに干渉せずに過ごした。

翌日も、二人は昼休みの非常階段で顔を合わせた。

「オス！」

少女が言うと、相手はややビクついた様子で小さく会釈《えしゃく》をしてくる。

昨日と同じく、座り込んで本を読んでいるだけのようだ。背表紙には『新説・都市伝説の闇』という、おどろおどろしい文字が並んでいた。

タイトルをチラ見して、少女は相手に共感を覚える。

「あんた、そういう本が好きなわけ？」

「う、うん。好きだけど……」

「マジ!?　あたしも都市伝説系の話、大好きなんだよね！」

「そうなんだ……」

「ねぇ、この話知ってる？　『電話ボックスの殺し屋』！」

　この町のどこかの電話ボックスの下に待ち合わせ場所を書いて貼っておくと、不気味な男が現れて、証拠ひとつ残さずに人を殺してくれる。

　それは、このあたりではかなり有名な都市伝説だった。

「ここだけの話だけど……あたし、藤村君の事件にもその人が絡んでるんじゃないかと思ってるんだ」

　声を潜めて言うと、相手は半信半疑のおももちで見上げてくる。

「え、……本当にいるの……？」

（いるって！）

　少なくとも自分はそう信じていた。しかしいくら言葉を重ねたところで、証拠にはならないだろう。

　そのとき、少女はふと新しい遊びを思いついた。

「そうだ！　アンタいっしょに探してみない？　電話ボックスの殺し屋！」

「え……」

「この街の電話ボックスに、片《かた》っ端《ぱし》からメッセージ貼っておくの！　やろーよ！　ね？」

「……いいけど……」

とまどいがちの相手に向け、まっすぐに手を差し出す。

「あたし、高梨怜奈《たかなしれな》！」

にこやかに自己紹介をすると、相手も立ち上がり、地味な顔にはにかむような微笑を浮かべた。

「あ、あの、私……梶優子《かじゆうこ》です……」


動機はこの程度。

ただ会ってみたかったから。それだけ。

殺し屋と会うには、誰かの死を望んでいなければならないということを、怜奈と優子が知るのは、後になってからのことだった。

こうして殺意は伝染していく。

愚かな人間がいるかぎり……。


（漫画第十七話「いじめられっ子の夢」につづく）

※この作品はフィクションです。実在の人物・団体・事件などにはいっさい関係ありません。

集英社オレンジ文庫をお買い上げいただき、ありがとうございます。
ご意見・ご感想をお待ちしております。

● あて先
〒101-8050　東京都千代田区一ツ橋2-5-10
集英社オレンジ文庫編集部 気付
ひずき優先生／宮月　新先生／神崎裕也先生

小説
不能犯　女子高生と電話ボックスの殺し屋

集英社
オレンジ文庫

2018年2月25日　第1刷発行

著　者　ひずき優
原　作　宮月　新・神崎裕也
発行者　北畠輝幸
発行所　株式会社集英社
〒101-8050東京都千代田区一ツ橋2-5-10
電話【編集部】03-3230-6352
【読者係】03-3230-6080
【販売部】03-3230-6393（書店専用）
印刷所　凸版印刷株式会社

※定価はカバーに表示してあります

ISBN 978-4-08-680181-2 C0193

集英社オレンジ文庫

辻村七子

マグナ・キヴィタス
人形博士と機械少年

人工海洋都市『キヴィタス』の最上階。
アンドロイド管理局に配属された
天才博士は、美しき野良アンドロイドと
運命的な出会いを果たす…。

集英社オレンジ文庫

下川香苗

原作／目黒あむ

映画ノベライズ

honey

高校に入ったら、ビビリでヘタレな
自分を変えようと決意した奈緒。
そう思ったのも束の間、入学式の日に
ケンカしていた赤い髪の不良男子
鬼瀬くんに呼び出されて…？